Benno Armschlag
Medizynicus

Ärzte
sind auch nur Menschen

*Neue Geschichten aus dem
Kreiskrankenhaus Bad Dingenskirchen*

Books on Demand GmbH, Norderstedt
ISBN: 9783746047751

Herstellung und Verlag: BoD-Books on Demand, Norderstedt

Printed in Germany

www.medizynicus.de

Schläferstündchen auf der Patientenliege

Es ist Geisterstunde. Dreizehn Uhr dreißig. Ich sitze am Schreibtisch und tu so, als würde ich arbeiten. Das Mittagessen liegt wie ein Ziegelstein im Magen, obwohl es nur ein matschiges Brötchen war: Eines von den überteuerten und eigentlich kaum genießbaren belegten Brötchen vom Fressalienstand in der Eingangshalle.

War eine Fehlentscheidung, weiß ich, aber für ein ordentiches Mittagessen in der Kantine war mal wieder keine Zeit. Abgesehen davon würde Schnitzel mit Knusperkroketten und gemischtem Salat ja noch schwerer im Magen liegen. Wobei das Brötchen, schnell zusammengekaut am Schreibtisch zwischen zwei Arztbriefdiktaten, einem Aufnahmebefund und zwei EKGs, heruntergespült mit zwei Tassen Kaffee auch nicht besser ist. War eine Fehlentscheidung, aber das sagte ich schon.

Jetzt sitze ich vor einer geöffneten Krankenakte und blättere darin herum. Keine Ahnung, was drinsteht, nichts, rein gar nichts davon erreicht mein Hirn, auch wenn ich die Augen krampfhaft offen halte. Dieser Zustand wird jetzt, wie immer, ungefähr eine Stunde lang andauern, dann kehren die Lebensgeister langsam zurück und kurz vor halb vier werde ich mein Pensum dann abgearbeitet haben.

Jetzt ein halbes Stündchen schlafen ...

Hinter mir steht die Untersuchungsliege. Jetzt ein halbes Stündchen lang die Beine ausstrecken, das Handy auf leise stellen und einfach mal kurz ganz sanft dahinschlummern. In einer halben Stunde wäre ich wieder fit. Die drei ausstehenden Entlassungsbriefe wären rasch diktiert und den Stapel EKGs hätte ich ruck, zuck befundet. Innerhalb von einer Stunde könnte ich locker fertig sein.

Noch besser wäre es natürlich, wenn man statt der ungemütlichen Untersuchungsliege – die übrigens seit Monaten unbenutzbar ist, weil sich darauf die Patientenakten stapeln – ein bequemes Kuschelsofa anschaffen würde. Oder gar ein gemütliches schallgedämpftes Zimmerchen nebenan, mit flauschigem Teppich und sanfter Lounge-Musik? Wäre mal spannend zu erfahren, was die Geschäftsführung zu einem diesbezüglichen Antrag sagen würde.

Ist ja eigentlich in ihrem Interesse: eine halbe Stunde Schlaf gegen zwei Stunden unproduktives Mittagsloch. Spart auf Dauer eine Menge kreativer Arbeitszeit. Und wenn man das in Geld umrechnen würde ... kein schlechter Deal für die Klinikleitung! Und dass man durch Übermüdung und Schlafmangel auf Dauer nicht nur die eigene Gesundheit ruiniert, sondern auch die Patienten gefährdet, ist ja schließlich mittlerweile allgemein bekannt, auch in der Chefetage.

Leider sind wir nicht in Japan

Aber natürlich weiß ich genau, wie die Antwort lauten wird. Wir sind ja schließlich nicht in Japan. Da gehört das Schläfchen zwischendurch – Inemuri genannt – zum guten Ton. Was allerdings oft mit der Erwartung zu tun hat, dass so lange gearbeitet werden muss, bis einem buchstäblich die Augen zufallen, sobald für einen kurzen Moment mal keine volle Konzentration erforderlich ist – egal ob man sich gerade in der U-Bahn befindet oder in einem Meeting.

Ich schaue auf die Uhr. Kurz vor zwei. Oh, heute ist ja Röntgenbesprechung, hätte ich fast vergessen! Ich trinke meinen Kaffee aus, begebe mich zwei Etagen nach unten in die Radiologie und betrete den abgedunkelten Demonstrationsraum.

Der Radiologe erklärt mit sonorer Stimme die Befunde. Die Luft ist zum Schneiden und in der letzten Reihe sitzt Kollege Matze, die Augen fest geschlossend und praktiziert Inemuri.

Also, geht doch! Auch in Europa.

Der dritte Mann, das Penicillin und der Tod

Nach dem Zweiten Weltkrieg konnte man mit Penicillin auf dem Schwarzmarkt eine Menge Geld verdienen. Auf spannende Weise erzählt der Filmklasser „Der dritte Mann" von den kriminellen Machenschaft im Wien der Nachkriegszeit. Mit Penicillin lässt sich heute zwar kein großes Geschäft mehr machen, dafür mit Viagra, Anabolika und gefälschten Antibiotka.

Düstere Schwarzweiß-Bilder aus dem kriegszerstörten Wien, eine melancholische Zither-Melodie und als Showdown die dramatische Verfolgungsjagd durch die Kanalisation – das ist „Der Dritte Mann", ein Filmklassiker von 1949, von Kritikern hochgelobt als Meisterwerk des Britischen Film Noir.

Heutzutage weiß allerdings kaum noch jemand, worin es in diesem alten Thriller eigentlich geht: Bösewicht Harry Lime – dargestellt von Orson Welles – führt einen schwunghaften Schwarzhandel mit gefälschtem Penicillin. Derartige Schiebereien waren in der Nachkriegszeit gang und gäbe. Die Geschäfte waren leer, so gut wie alles war knapp, und wer etwas haben wollte, musste es sich unter der Hand besorgen. Aber warum gerade Penicillin?

Penicillin – das Ende des gefürchteten Wundbrandes

Penicillin war 1928 entdeckt worden, aber erst Jahre später begann man, die Substanz als Heilmittel zu nutzen. Die

Herstellung war anfangs noch so teuer, dass Penicillin sogar aus dem Urin von behandelten Patienten zurückgewonnen wurde. Erst im Verlauf des Zweiten Weltkrieges wurden neue Produktionsmethoden entwickelt, sodass es in im amerikanischen Militär in größerem Maßstabe therapeutisch eingesetzt und eine nennenswerte Anzahl von Soldaten mit großem Erfolg behandelt werden konnten. Das war eine Sensation: Bislang waren schwere bakterielle Infekte, auch nach kleineren Verletzungen, kaum beherrschbar gewesen. Zahllose Menschen waren gestorben, obwohl die Blessuren zunächst chirurgisch primär gut versorgt werden konnten. Der gefürchtete Wundbrand war oft ein Todesurteil. Jetzt gab es plötzlich ein Mittel dagegen. Allerdings war es immer noch sehr teuer und knapp.

Drehbuchautor Graham Greene hatte während des Krieges für den britischen Geheimdienst gearbeitet und kannte sich aus: Im Chaos der Nachkriegszeit war das geheimnisvolle neue Medikament auch von der Zivilbevölkerung im zerstörten Europa heiß begehrt – aber die raren Vorräte wurden von den amerikanischen und britischen Militärbehörden streng kontrolliert. Wie man sich denken kann, entwickelte sich daraufhin nicht nur ein schwunghafter Schwarzhandel mit echtem Penicillin, sondern auch Betrüger witterten ihre Chance.

Der Schwarzmarkt floriert auch heute

Eine Berliner Bande entwickelte eine besonders perfide Technik: Man beschaffte sich gebrauchte Originalflaschen und füllte sie mit einer Mischung aus Glucoselösung, Gesichts-Puder und zerstampften Malaria-Tabletten. Angesichts der Tatsache, dass Penicillin damals ausschließlich parenteral appliziert werden musste, kann man sich vorstellen, dass man schon viel Glück brauchte, um eine Behandlung mit dieser Mixtur zu überleben. Die Gangster hingegen machten großen Profit.

Heutzutage ist Penicillin billig geworden. Umso bemerkenswerter ist es, dass das Geschäftsmodell offenbar immer noch funktioniert: Im November 2015 beschlagnahmten Ermittler in der demokratischen Republik Kongo eine große Menge Arzneimittelpackungen, in denen sich irgendeinwelche Substanzen befanden, allerdings keine Spur von Amoxicillin oder Ampicillin, wie auf den Etiketten angegeben war.

Nach einer Schätzung der amerikanischen Food and Drug Administration (FDA) aus dem Jahre 2004 sind in manchen Teilen Afrikas bis zu 50 Prozent aller verkauften Medikamente gefälscht. Weltweit sollen es etwa 15 Prozent sein, in Deutschland immerhin auch ein Prozent.

Ein Kilo Viagra bringt doppelt so viel wie ein Kilo Heroin

In Entwicklungsländern betrifft das am häufigsten Antibiotika, Malaria-Mittel und Medikamente gegen Tuberkulose und HIV.

Bei uns in Deutschland hingegen finden vor allem unechte Lifestlye-Medikamente wie beispielsweise Anabolika ihre Abnehmer. Weltweiter Spitzenreiter ist Viagra. Ein Kilo davon bringt auf dem Schwarzmarkt fast doppelt so viel wie ein Kilo Heroin.

Betroffen sind natürlich vor allem Leute, die ihre Pillen in windigen Online-Apotheken bestellen. Selbst schuld, ist man geneigt zu sagen, aber damit ist das Problem noch lange nicht aus der Welt.

Auch ich bin immer wieder mit der Thematik in Berührung gekommen. Einmal kam ein Patient in die Notaufnahme und bat darum, dass man ihm eine mit kyrillischen Buchstaben beschriftet Ampulle obskurer Herkunft spritzen sollte. War wohl irgendein „Aufbaumittel".

Und auch sonst kommt es hin und wieder vor, dass Patienten zwielichtige Medikamente mitbringen, wer weiß, woher. Schon vor Jahren sprach ich mit Bodybuildern, die zugaben, sich Anabolika besorgt zu haben. Passenderweise gibt es scheinbar dann auch direkt Leute im Fitnessstudio – meist

Krankenpfleger oder Ärzte – die einem das Zeug für einen gewissen Obolus spritzen.

Medikamentenhandel nach Mafia-Art

Vor einigen Jahren wurden in italienischen Kliniken große Menge von Medikamenten entwendet und den Ganoven gelang es, die heiße Ware über ein Netz von Strohmännern und Scheinfirmen schließlich seriösen Großhändlern unterzujubeln, sodass das Diebesgut in Form von „Parallellimporten" in deutschen Apotheken auftauchte. Hier profitierten die Dunkelmänner von der Regel, dass Apotheken aus Kostengründen angehalten sind, einen Teil ihrer Lieferung aus solchen Parallellimporten zu beziehen.

Gerne gefälscht werden auch extrem teure Medikamente, die bei Hepatitis oder Tumorerkrankungen Anwendung finden (z.B. Sutent, Avastin oder Herceptin). Die Hersteller arbeiten an neuen Sicherheitssystemen, aber die Gangster aus dem Umfeld der Mafia arbeiten ebenfalls hochprofessionell.

Die alte Masche funktioniert also immer noch. Harry Lime würde sich ins Fäustchen lachen.

Kranke Ärzte gibt es nicht

Husten? Halsweh? Schnupfen? Alles kein Hinderungsgrund! Kopfschmerz, Fieber, das volle Programm? Krank werden ist was für Weicheier. Ein Arzt hat sich zum Dienst zu schleppen, notfalls mit dem Kopf unter dem Arm.

Dong! Was ist los? Ist die Nacht schon zu Ende? Und wo kommen all die Flugzeuge her, also die Flugzeuge in meinem Kopf. Und außerdem fährt da noch ein LKW herum, so ein richtig dicker Vierzigtonner, der dreht seine Kreise und treibt mich zum Wahnsinn. Ich rappel mich auf. Schlappe ins Bad.

Wer ist dieser Zombie da im Spiegel?

„Hey, eines von den siebzehn Bieren gestern Abend muss schlecht gewesen sein, hahaha!", schreit er mir entgegen. Aber da war nix mit siebzehn Bieren, noch nicht einmal ein einziges an diesem Wochenende. „Halt die Fresse, schreie ich zurück, also, ich versuche zu schreien, aber mehr als ein Krächzen bringe ich nicht hervor und auch das erstickt in einem Hustenanfall.

Paracetamol rein, dann zur Arbeit

Also gut, wo war nochmal das Paracetamol?

Nach einer heißen Dusche bin ich immerhin fit genug, um in die Klinik zu schlurfen. Werfe mich in meine weiße Dienstkleidung. Brrr, ist das kalt! Dabei ist das Arztimmer eigentlich geheizt. Jetzt erstmal 'nen Kaffee ... die gute, alte Krankenhauskaffeeplörre, pfui Teufel! Also lieber einen Pfefferminztee? Auch eklig, aber zumindest heiß.

„Hallo, Herr Doktor, da sind Sie ja endlich! Können Sie mal ...? Tun Sie mal ...!"

Ich rotze mich durchs Stationszimmer, huste in die Besprechung und jetzt ist es Zeit für die Visite. Nur mit Mundschutz. Auch Gummihandschuhe? Patienten wollen angefasst werden. Ein Arzt, der den Handschlag verweigert, kassiert böse Blicke. „Ich habe doch nicht die Pest, Herr Doktor!" Aber ich vielleicht?

Nach Hause gehen ist keine Option

Schwester Paula steckt mir ein Fieberthermometer ins Ohr. 39,4 °C. „Gehen Sie nach Hause, Herr Doktor!"

„Was? Nach Hause? Ich? Ich bin doch kein Weichei! Ein Arzt wird nicht krank!"

„Und was ist, wenn Sie die Patienten anstecken?"

Richtig. Oma Mühlenstrom hat gerade ihre zweite Lungenentzündung überstanden, mit viel Glück. Herr Salzamtmann hat ein viel zu schwaches Immunsystem nach seiner Chemotherapie, wenn er meine Viren abkriegt, dann war's das vielleicht für ihn.

Trotzdem stiefele ich weiter über den Krankenhausflur. Irgendwer muss ja den Job machen, die eine Kollegin hat Urlaub, die andere ist gerade im Mutterschutz. Ein Arzt, der sich trotz Krankheit zur Arbeit schleppt, gefährdet seine Patienten. Das weiß man. Und man tut es trotzdem.

Warum gefährdet man seine Patienten?

Warum? Eine im September 2015 im renomierten Journal der American Medical Association (JAMA) veröffentlichte Studie nennt die Gründe: Weil man seine Kollegen nicht im Stich lassen will, weil man sich um die Patienten sorgt, weil es viel zu wenig Mitarbeiter gibt, weil man Angst hat vor Repressalien durch den Chef oder böse Blicke von den Kollegen und weil man den Anderen nicht zutraut, die Patienten genauso gut zu behandeln. Vor allem aber will man den Helden spielen.

Und die Moral von der Geschicht: „Multimodale Interventionen sind notwendig, um dieses Verhalten zu ändern."

Ähem. Ja. In Köln würde man sagen: Et is, wie et is und et kütt, wie et kütt! Vor einigen Jahren hat die Bundesanstalt für Arbeitsschutz und Arbeitsmedizin eine Untersuchung herausgebracht. Darin ging es um Präsentismus – also um das Phänomen, dass Leute sich sich trotz Krankheit zur Arbeit schleppen, auch wenn sie eigentlich gar nicht arbeiten können. Wer das tut, der schadet sich langfristig selbst. Und die Kosten für die Gesellschaft sind – vermutlich – höher als die Kosten, die kranke Mitarbeiter verursachen, wenn sie nicht zur Arbeit gehen. Und das sogar dann, wenn sie einmal zu oft krank feiern.

Und dann noch 'gute Botschaft!

Und was bedeutet das? Ich schleppe mich mit einer weiteren Tasse Pfefferminztee zum Arztzimmer. Weg von den Patienten, erstmal eine Runde Aktenpflege.

Das Telefon klingelt. Sarah ist dran, meine bezaubernd hübsche, junge Kollegin. Die hat heute Dienst, deshalb muss sie erst gegen Mittag kommen.

„Und, wie geht's?", fragt sie fröhlich.

„Na, so lala", sage ich.

„Ihr müsst heute leider ohne mich zurechtkommen!", fährt sie fort, „Ich bin leider krank. Und morgen auch!" Bingo. Morgen wird's nämlich ganz eng. Da wäre ich mit Sarah alleine auf Station. Und wer wird wohl den Dienst machen? Ich lasse den Pfefferminztee stehen und schlappe hustend zum Pflegestützpunkt.

Einer fehlt beim Klassentreffen

Günther ist tot. Er war Bluter. In den Achtziger Jahren Bluter zu sein, das war oft ein Todesurteil. Fast die Hälfte aller Hämophilie-Patienten waren damals mit HIV-verseuchten Blutprodukten behandelt worden.

Neulich hatten wir Klassentreffen. Eigentlich mag ich sowas ja gar nicht. Man kennt das: Der Thomas hat ganz doll Karriere gemacht und fachsimpelt mit dem Andreas über die besten Hedgefonds und sein Golf-Handicap. Der Klaus ist immer noch derselbe geblieben, war damals schon eine Niete, jetzt ist er beim Finanzamt.

Und Claudia? Was ist aus Claudia geworden, die, auf die wir alle scharf waren? Natürlich verheiratet, mit irgendeinem Trottel, der ist weder attraktiv noch hat er Geld, da hätte sie auch mich nehmen können. Hat sie aber nicht und der Trottel hat jetzt zwei Kinder mit ihr. Aber es läuft gerade nicht so gut, wahrscheinlich läuft es auf eine Scheidung hinaus. Hab ich dann doch noch Chancen? Obwohl ich weder weiß, was ein Hedgefond ist noch ein Golf-Handicap vorweisen kann?

Günther war früher der Mädchenschwarm

Damals hatte ich keine Schnitte. Vor allem nicht gegen Günther. Günther war der Hansdampf-in-allen-Gassen, der Schwarm aller Mädchen, der immer ganz tolle Sachen machte und dann auch noch ein ganz gutes Abi hingekriegt hat und nach Paris gegangen ist, um an der Sorbonne zu studieren. Was er da studiert hat? Wohl irgendwas Kreatives. Irgendwas mit Kunst. Was man halt so macht in Paris. Und wie geht es ihm jetzt?

17

„Günther ist tot!", sagt Claudia.

Wie bitte? Vor Schreck lasse ich fast mein Glas Prosecco fallen.

„Er ist schon vor einigen Jahren gestorben. In Paris!", fährt Claudia fort.

Und woran? Claudia zuckt mit den Schultern. „Eine Grippe oder so, heißt es ..."

Eine Grippe? Kann eine Grippe einem jungen Mann den Garaus machen? Kann sie, klar. Aber wäre doch eine extreme Seltenheit.

„Eine verschleppte Grippe vielleicht? Oder auch eine Lungenentzündung?", Claudia plinkert mich mit großen Augen an. Ihre Augen sind noch genauso groß wie damals.

Und jetzt dämmert mir allmählich, was Sache ist.

Und dann fiel es mir wieder ein

Günther hat es mir damals erzählt, im Vertrauen. Dass er nicht zur Bundeswehr brauchte. Er wurde ausgemustert, weil er Bluter war.

In den Achtziger Jahren Bluter zu sein, das war für viele Betroffene ein Todesurteil.

„Er hatte Aids, nicht wahr?", fragt Claudia.

Hmm. Das fällt ja im Prinzip unter die Schweigepflicht. Aber wenn sie es eh weiß? Die Nachricht scheint ja eh längst die Runde gemacht zu haben. „Woher denn eigentlich?", fragt Claudia weiter.

Menschen, die an Hämophilie leiden, bekommen regelmäßig Gerinnungsfaktoren, die aus dem Blut gesunder Spender gewonnen werden. Also aus dem Blut von Menschen, die genügend Gerinnungsfaktoren haben, was sonst noch mit ihnen los ist, ist ein anderes Thema. Natürlich werden alle Blutspender – und alle Blutspenden – auf Infektionskrankheiten getestet. Aber man kann nur das testen, was man kennt. Das HI-Virus wurde 1983 entdeckt. Bis es geeignete Testmethoden gab, dauerte es. Zwar gab es Verfahren, um Blutprodukte mit Hitze zu behandeln und dadurch die Viren zu inaktivieren, aber diese Verfahren waren teuer und wurden in Deutschland erst ab 1985 flächendeckend eingesetzt.

Aber wieso wurden derart viele Bluter infiziert?

Claudia runzelt die Stirn. „Aber war Aids damals in Deutschland nicht noch sehr selten?", fragt sie. Das ist richtig. Nun werden die Blutprodukte für Hämophilie-Patienten meist nicht aus Vollblut, sondern aus Blutplasma gewonnen. Im Gegensatz zu Blutspenden werden Plasmaspenden oft durch kommerzielle Firmen durchgeführt. Die Spender erhalten ein bisschen Geld. Plasmaspende-Zentren findet man oft da, wo die Leute sind, die dringend Geld brauchen, noch Fragen?

Claudia zuckt mit den Schultern.

Heute gibt es aufwändige Sicherheitsvorkehrungen. Drogenabhängige und Angehörige anderer Risikogruppen werden nicht zur Spende zugelassen. Das Plasma wird über mehrere Monate tiefgefroren gelagert und die Spender anschließend nochmals auf HIV und andere Krankheiten getestet. Erst wenn diese Tests negativ ausfallen, wird das Plasma verwendet. Zumindest sollte es so ablaufen.

Damals war es anders. In den Achtziger Jahren wurde ein großer Teil der Blutprodukte aus den USA importiert und dort haben auch Angehörige von Risikogruppen Plasma spenden dürfen. Das Plasma wurde „gepoolt", also auf gutdeutsch zusammen geschüttet. Wenn also ein HIV-infizierter Spender dabei war, war die ganze Charge verseucht.

Und damit war die Geschichte noch nicht zu Ende

Claudia schüttelt den Kopf. „Wie furchtbar!", sagt sie.

Und der eigentliche Skandal fing damit gerade erst an: Auch als das Virus und sein Übertragungsweg bekannt geworden war, es geeignete Testmethoden und somit Möglichkeiten gab, Infektionen zu verhindern, haben manche Firmen wider besseres Wissen zunächst einmal weiter gemacht wie bisher und damit aus Profitinteressen den Tod von Menschen in Kauf genommen.

Das hat 1994 ein Bundestags-Untersuchungsausschuss bestätigt. Die Opfer wurden entschädigt. Heute gibt es Medikamente, die einem HIV-Infizierten ein zumindest physisch fast normales Leben ermöglichen.

Für Günther – und für viele Andere – kam aber jede Hilfe zu spät.

Nein, ich muss mich nicht verprügeln lassen! Auch nicht von einem Patienten.

Ein Arzt muss im Notfall Hilfe leisten. Auch nachts in einer zwielichtigen Gegend. Auch dann, wenn der Patient ein stadtbekannter Schläger ist und man genau weiß, dass man in einen Hinterhalt gelockt wird?

Es ist Sonntagabend, kurz vor Mitternacht. Der Wind heult ums Haus und ich sitze drinnen in der Notdienstzentrale und bin froh, bei diesem Sauwetter nicht vor die Tür zu müssen. Im Fernseher läuft gerade die Wiederholung einer Wiederholung von irgendwas, was man nicht gesehen haben muss und ich bin eifrig damit beschäftigt, Däumchen zu drehen. Ab und zu kommt natürlich auch mal ein Patient, deshalb bin ich ja da, dafür werde ich schließlich bezahlt, aber bislang – dreimal auf Holz klopfen – ist es ruhig geblieben.

Dann döngelt das Telefon. Und noch bevor ich das Gespräch annehme, ahne ich schon, was mich erwartet: „Herr Doktor, kommen Sie sofort!"

Na gut, mir wird mir wohl nichts Anderes übrig bleiben. Trotzdem frage ich zunächst mal nach, worum es eigentlich geht.

„Sie müssen sofort kommen und zwar allein"

„Kommen Sie sofort, Herr Doktor!", wiederholt der offenbar sehr aufgebrachte Anrufer und erzählt dann recht wirr und zusammenhanglos von schwersten Schmerzen und Luftnot. Es klingt jedenfalls alles sehr dramatisch. Vermutlich werde ich ihn ins Krankenhaus einweisen. Vielleicht sollte ich gleich bei der Leitstelle anrufen und darum bitten, einen Rettungswagen zu schicken, um keine Zeit zu verlieren.

Es ist sowieso ein Rätsel, weshalb der Anrufer nicht gleich die Notrufnummer gewählt hat: Hätte er das getan, dann wäre der Notarzt jetzt schon längst mit Blaulicht auf dem Weg – ich hingegen muss zunächst noch mühsam herausfinden, wie ich zu der abgelegenen Adresse überhaupt hinkomme. Aber so ist das halt. Für Grundsatzdiskussionen über unser Gesundheitssystem ist jetzt keine Zeit.

„Nein, bloß nicht ins Krankenhaus!", sagt mein Anrufer, „kein Krankenwagen! Kommen Sie unbedingt allein!"

In diesem Moment werde ich misstrauisch. Wenn er auf keinen Fall ins Krankenhaus will, dann kann es ja so wild nicht sein! Oder doch? Es hilft nichts, ich muss hinfahren und mir vor Ort ein Bild machen. Also notiere ich mir Name, Adresse und Rückrufnummer ... und plötzlich halte ich inne. Da war doch was!

Wen kann ich um Rat fragen?

Meine Notdienstzentrale ist nichts anderes als der Nebenraum einer Landarztpraxis irgendwo in der Prärie. Ich habe den Dienst übernommen, weil ich mir ein paar Euro dazu verdienen will und außerdem damit meinem Kollegen einen Gefallen tue. Ich bin völlig alleine auf mich gestellt: Die Patienten rufen auf meinem Diensthandy an und ich kann sie entweder hierher bestellen oder zu ihnen rausfahren – das ist letztendlich meine Entscheidung. Ich kenne mich dementsprechend mit den örtlichen Gegebenheiten nicht aus und habe keinen Zugriff auf irgendwelche Krankenakten.

Inzwischen bin ich mir ziemlich sicher, dass hier irgendwas faul ist! Aber was? Und wen kann ich fragen, am Sonntagabend, kurz vor Mitternacht? Ich gebe mir einen Ruck und rufe Uwe an: einen Kollegen und Studienfreund, der sich vor zwei Jahren hier in der Gegend als Hausarzt niedergelassen hat.

Trotz der späten Stunde ist Uwe sofort hellwach. „Fahr da bloß nicht hin!", sagt er wie aus der Pistole geschossen. Und dann berichtet er: Mein Anrufer ist ein Drogenabhängiger und mehrfach wegen schwerer Körperverletzung vorbestraft. Jeder Hausarzt im Umkreis von zehn Kilometern kennt ihn. Immer wieder ruft er zu fortgeschrittener Stunde an und verlangt Hausbesuche. Und wenn man ihm nicht gibt, was er haben will, wird er mehr als unangenehm.

Darf ich den Hausbesuch verweigern?

Erst vor drei Monaten hat er einen Kollegen brutal zusammengeschlagen. Der Kollege war nach stationärer Behandlung seiner Schädelbasisfraktur wochenlang arbeitsunfähig, der Angreifer kam mit einer Bewährungsstrafe davon. Regelmäßig studiert er die Dienstpläne und sucht sich gezielt immer wieder neue und unerfahrene Ärzte aus, die seine Geschichte noch nicht kennen.

Das klingt jetzt sehr ermutigend. Was soll ich bloß tun? „Mach, was du willst!", sagt Uwe, „Aber fahr da auf gar keinen Fall alleine hin!"

Danke für den Tipp! Ob ich den Hausbesuch verweigern darf? Das wäre unethisch. Und wenn sich herausstellt, dass der Patient wirklich schwer krank ist, kriege ich Ärger. Trotzdem habe ich keine Lust, mich verprügeln zu lassen! Ob ich Polizeischutz anfordern kann? In diesem Moment beneide ich den Notarzt, der hat zumindest immer einen Fahrer dabei.

Das ist es! Nach Absprache mit der Leitstelle rufe ich den Patienten zurück. Zwei kräftige Rettungsdienstler werden mich beim Hausbesuch begleiten. Außerdem stelle ich klar, dass ich keinerlei Betäubungsmittel dabei habe und auch keine entsprechenden Rezepte ausstellen werde. Wenn es denn wirklich so schlimm ist, dann muss er halt ins Krankenhaus.

Als Antwort gibt es wüste Verwünschungen. Wenn ich mich nicht traue, alleine zu kommen, solle ich doch bleiben, wo der Pfeffer wächst und morgen früh übergebe er die Sache seinem Anwalt.

Von dem habe ich zum Glück bis heute nichts gehört.

Fortbildung im Schlaf

Jeder Arzt ist verpflichtet, sich regelmäßig fortzubilden. Dazu gibt's Punkte, die man erwirbt, wenn man an Veranstaltungen teilnimmt. Ob man dem Vortrag aufmerksam lauscht oder dabei einschläft, ist egal. Hauptsache, man ist physisch anwesend. Wer aber zu Hause Fachliteratur wälzt oder im Internet recherchiert, bekommt keine Punkte.

Die Sonne ist soeben ganz malerisch über Bad Dingenskirchen untergegangen und im letzten Dämmerlicht stolpere ich über den Vorplatz, trete durch die Glastür ins Foyer der Stadthalle und wende mich hilfesuchend an die nächstbeste Person, die so aussieht, als ob sie sich hier auskennen würde.

„Ärztefortbildung?"

„Pieselbachsaal", sagte die kostümierte Dame, „erster Stock, links!"

Ich komme ein paar Minuten zu spät. Ein bisschen abgehetzt bin ich, bin schließlich direkt von der Klinik gekommen und es war wieder mal ein langer Tag.

Ich springe die Treppe hinauf und als ich oben die Tür öffne, stehe ich direkt hinter dem Dozenten, der bereits fröhlich doziert. Eine Entschuldigung nuschelnd drücke ich mich an ihm vorbei.

Erstmal die Teilnahmebescheinigung organisieren

Links an der Seitenwand erkennt mein geschulter Blick sofort das wichtigste Detail: den kleinen Tisch mit zwei Papierstapeln darauf. Der kleinere Stapel enthält die Teilnehmerlisten. Ich fummele einen kleinen Aufkleber aus meiner Brieftasche und klebe ihn auf das oberste Blatt. Daneben setze ich einen Unterschriftskrakel.

Der Aufkleber enthält meinen Namen und einen Barcode, der mich als Mitglied der Ärztekammer ausweist. Dann nehme ich mir eine Teilnahmebescheinigung von dem zweiten größeren Stapel. Die Dinger sind praktischerweise schon vom Veranstalter blanko unterschrieben, den Namen muss jeder selbst eintragen: Man könnte sich auch gleich zwei oder drei Exemplare einstecken, für die lieben Kollegen, die es heute leider nicht hierher geschafft haben, aber allein daran zu denken ist natürlich verboten.

Worum geht's hier eigentlich?

Jetzt ein Blick in den Saal. Der ist voller Menschen, bis auf den letzten Platz besetzt. Hinten an der Rückwand stehen mehrere Gestalten, die keinen Sitzplatz mehr gefunden haben. Jetzt zwei Stunden lang stehen, nach einem langen Arbeitstag? Da muss ich wohl durch! Was tut man nicht alles für sein Seelenheil? Die Teilnahme an Fortbildungen ist Pflicht – zumindest für Fachärzte. Ärzte in Weiterbildung können ein freiwilliges Fortbildungszertifikat erwerben (zumindest in manchen Bundesländern), das wird von Chefärzten nicht nur bei Bewerbungen gerne gesehen.

Der Dozent trägt eine Fliege zum schwarzen Sakko und fährt fort zu dozieren. Es geht um ... weiß ich nicht, ich bin zu spät gekommen, habe die Einführung nicht mitgekriegt und jetzt verliert sich der Vortragende in den speziellsten Details seines Spezialgebietes. Interessiert mich das?

Zweihundert Stunden Fortbildung muss ein Facharzt alle fünf Jahre nachweisen (streng genommen sind es sogar zweihundertfünfzig – aber fünfzig davon bekommt man ganz automatisch für „Selbststudium" bescheinigt), im Jahr sind das vierzig Stunden und im Prinzip stehen einem dafür fünf arbeitsfreie Tage zu. Es soll sogar Kollegen geben, die diesen Fortbildungsurlaub regelmäßig nehmen können. Wer ganz, ganz clever ist, der fliegt sogar zur Fortbildung sogar nach Mallorca.

Häppchen wären jetzt nett

Ich hingegen habe heute noch nicht einmal meine mir gesetzlich zustehende Mittagspause nehmen können. Mein Magen knurrt immer lauter. Ob es wohl Häppchen gibt? Kaffee, Saft, Brezeln oder Brötchen? Leider Fehlanzeige.

Immerhin trägt ein Angestellter einen Stapel Stühle herein. Prima! Im Sitzen gelingt es mir sogar, dem Vortrag zu folgen. Es geht ums Herz. Professor Waschmaschinewski ist Kardiologe. Spezialisiert auf ... ach, was weiß ich! Wobei ... Frau Brunxmüller von Zimmer zwölf, die hatte doch letztens so ein merkwürdig auffälliges EKG. Bestimmt weiß der Herr Professor, was ihr fehlt.

Endlich Zeit, in Ruhe zu googeln

Ob ich ihn nachher in der Pause mal fragen könnte? Zur Zeit doziert er erstmal weiter über sein Steckenpferd. Frau Brunxmüller hat aber etwas ganz anderes. Aber was? Ich packe mein Handy aus – natürlich lautlos gestellt – und fange an zu googeln. Erstaunlich, was man heutzutage im Netz alles findet!

Und wo ich schon einmal dabei bin, könnte ich doch auch gleich nachschauen, was mit Herrn Ommelowski los ist. Dessen Laborbefunde waren irgendwie seltsam ... passt alles nicht zusammen, aber ich habe ja die größte Bibliothek der Welt in der Tasche dabei und ... wirklich spannend, was es da alles gibt.

Während Professor Waschmaschinewski immer noch redet, überfliege ich inzwischen rasch zwei Übersichtsarbeiten, die zu Herrn Ommelowskis Laborkonstellation passen. Warum kriege ich dafür eigentlich keine Fortbildungspunkte?

Plötzlich verspüre ich große Müdigkeite. Ich lehne mich gemütlich zurück, schließe die Augen und träume von den Fortbildungspunkten, die ich gerade im Schlaf erwerbe.

Damals im Krieg

Die alte Dame hat Schmerzen. Ursache ist ein Harnverhalt – und deshalb braucht sie unbedingt einen Blasenkatheter. Aber sie will nicht. Sie wehrt sich. Gutes Zureden hilft nicht. Die Patientin ist dement. Sie schreit und sie kämpft – so wie sie damals, vor mehr als siebzig Jahren, gekämpft hat ...

Frau Bedomeit schreit. Das ist über den ganzen Stationsflur zu hören, obwohl die Zimmertür natürlich geschlossen ist.

„Was ist denn los?", fragt Kalle.

„Hörst du doch," sagt Kollege Martin, „Die Olle brüllt wie am Spieß!"

Kalle runzelt die Stirn. „Gibt's 'nen Grund?"

Martin grinst sein fiesestes Grinsen. „Na, die will halt nicht!"

Kalle bewegt sich langsam in die Richtung der Schallquelle. „Was will die nicht?", insistiert er.

„Frau Bedomeit hat einen Harnverhalt", berichtet Sarah. „Die Schwestern sind gerade dabei, ihr einen Katheter zu legen!"

Die Patientin hat starke Schmerzen

Das erklärt Einiges. Wenn die volle Blase nicht mehr entleert werden kann, dann kann das sehr schmerzhaft sein. Die gute Nachricht ist: die Schmerzen lassen meist unverzüglich nach, sobald man einen Blasenkatheter gelegt hat und der Urin abfließen kann. Allerdings muss man diesen Katheter erst einmal legen – und das ist nicht immer einfach. Das kann entweder anatomische Ursachen haben oder aber direkt mit den Gründen, die zum Harnverhalt geführt haben, verknüpft sein: zum Beispiel Verletzungen, Tumoren oder Entzündungen der unteren Harnwege. Unter solchen Umständen kann es für den Patienten sehr schmerzhaft sein, einen Katheter gelegt zu bekommen.

Schmerzmittel helfen da leider auch nicht immer weiter. Hinzu kommt, dass Frau Bedomeit sowieso keine einfache Patientin ist. Sie ist fast neunzig Jahre alt und leidet schwer an Alzheimer-Demenz mit häufigen Verwirrtheitszuständen und ständiger Unruhe.

Mit vereinten Kräften geht es dann

Kalle betritt das Zimmer. Sarah und ich folgen ihm. Vier Pflegekräfte haben sich um Frau Bedomeits Bett versammelt, drei davon sind ausschließlich damit beschäftigt, sie festzuhalten: der muskulöse Pfleger Marvin hat beide Arme fest im Schraubstock-Griff, lehnt sich gegen ihren Oberkörper und versucht, beruhigend auf sie einzureden. Zwei Schwestern haben je ein strampelndes Patientenbein unter Kontrolle und Schwester Paula fuhrwerkt handschuhbewehrt im Genitalbereich der Patientin herum.

Sarah schüttelt den Kopf. „Himmel, das sieht ja aus wie ...“

Kalle wirft ihr einen strengen Blick zu. „Sag's nicht!“

Sarah ist still. Ein weiterer Blick von Kalle – wir haben verstanden und gehen zurück ins Stationszimmer. Kurz darauf folgen uns drei der vier Pflegekräfte. Fünf Minuten später kommen Kalle und Schwester Paula.

Damals auf der Flucht ...

„Habt ihr's der Ollen endlich besorgt?“, feixt Martin.

„Das ist gar nicht lustig!“, zischt Kalle, während er sich einen Becher Krankenhauskaffeeplörre eingießt. Martin senkt den Blick und verlässt verdächtig schnell den Raum.

„Traurige Geschichte!", sagt Kalle und schaut in die Runde. „Wollt ihr's hören?" Sarah nickt.

„Frau Bedomeit stammt aus Ostpreußen!", beginnt Kalle und setzt sich, bevor er fortfährt: „Damals, gegen Ende des Krieges, mussten sie fliehen. Die Geschichten kennt man ja, im Planenwagen durch zerbombte Landschaften. Immer wieder wurde man von Tieffliegern beschossen und alle Nase lang von irgendwelchen Soldatentrupps überfallen. Was man noch hatte, wurde einem abgenommen. Frau Bedomeit war damals gerade mal sechzehn Jahre alt und muss wohl recht hübsch gewesen sein ..."

Kalle schaut in die Runde, ohne den Satz zu beenden.

Gesprochen hat sie darüber nie

„Frau Bedomeit hat niemals und mit niemandem darüber gesprochen, was da passiert ist. Im Sommer 1945 wurde ihre Tochter geboren. Frau Bedomeit hat sie allein großgezogen, hat niemals geheiratet und – wie die Tochter sagt – auch nie mehr irgendwas mit einem Mann angefangen. Jetzt wird sie bald neunzig. Und heute wurde sie wieder einmal festgehalten, damit jemand schmerzhaft in ihren Körper eindringen konnte!"

Kalle gießt seine Tasse aus, stellt sie in die Spülmaschine und verlässt ohne ein weiteres Wort den Raum.

Des einen Leid, des anderen Wohnung

Frau Bedomeit muss ins Pflegeheim. Ihre günstige Dreizimmerwohnung in bester Lage muss sie aufgeben. Schwester Jenny hat eine Freundin, die dringend eine bezahlbare Unterkunft sucht. Ist es ein Verbrechen, diese Information auf dem kleinen Dienstweg weiterzugeben?

Eine Minute lang himmlische Ruhe. Kein Diensthandygebimmel, kein Patient, kein Angehöriger, kein Irgendwer, der etwas von mir will und bis zur Visite ist noch ein bisschen Zeit. Manchmal gibt es sowas, sogar mitten am Tag. Ich schlurfe zur Küche, um mir eine Tasse Krankenhauskaffeeplörre zu holen. Da sitzt Jenny, ohne Kaffeeplörre, dafür mit Telefon.

„Ruf am besten heute noch an, bevor es ein anderer macht!"

„Bahnhofsstraße drei," sagt sie, „erster Stock, aber du musst schnell sein!"

Nein, ich belausche normalerweise nicht fremde Leute beim Telefonieren. Aber erstens ist Schwester Jenny nicht fremd und zweitens spricht sie so laut, dass man es nun wirklich nicht überhören kann und drittens habe ich gerade keine Hände frei, um mir die Ohren zuzuhalten.

„Ruf am besten heute noch an, bevor es ein anderer macht!"
– Moment mal?

„... aber sag nicht, dass du es von mir hast. Ich weiß von nichts!"

Was macht die Krankenakte da auf dem Tisch? Die gehört zu Frau Bedomeit.

Frau Bedomeits Akte habe ich schon seit Stunden gesucht, die brauche ich nämlich, weil ich den Entlassbrief fertig machen muss.

„Du gestattest?"

Jenny nickt. Sie hat das Gespräch beendet und steckt das Handy wieder weg. Ich nehme die Akte an mich und stutze, als ich den Aufkleber mit den Personalien entdecke: Bedomeit, Paula, Bahnhofstraße drei.

„Sag mal, willst du da einbrechen gehen?"

Jenny schüttelt den Kopf. „Die Wohnung wird doch frei!"

Ein Platz im Heim macht Platz für Julia

Frau Bedomeit ist fast schon neunzig und ziemlich dement. Übermorgen wird sie entlassen. Bislang hat sie es noch geschafft, sich alleine zu versorgen. Oder was man halt so dafür hält. Immer wieder ist sie bei uns gelandet, weil es wohl doch nicht geklappt hat. Die einzige Tochter ist inzwischen auch schon über siebzig. Jetzt haben wir sie davon überzeugen können, zusammen mit unserem Sozialdienst einen Platz in einem Heim zu organisieren. Tochter und Enkel wollen dann demnächst die alte Wohnung auflösen.

„Es ist wegen Julia…", druckst Jenny herum.

„Wer ist Julia?"

„Meine beste Freundin. Und die sucht dringend eine Wohnung!"

„Und?"

„In der Bahnhofstraße drei wird ja demnächst eine frei!"

„Hör mal, du kannst doch nicht—"

„Warum nicht? Julia soll am besten heute noch bei Frau Bedomeits Tochter anrufen und nach der Nummer vom Vermieter fragen. Wenn sie sich dort sofort meldet, bevor der die Wohnung an einen Makler gibt, haben doch alle gewonnen!"

„Wieso?"

Win-Win vs. Schweigepflicht

„Julia hat dann vielleicht schon vom nächsten Ersten an eine Wohnung. Familie Bedomeit braucht sich nicht um die Kündigungsfristen zu kümmern und muss nicht noch drei Monate lang Miete zahlen. Sie brauchen noch nicht einmal zu renovieren, das würde Julia schon selbst machen, zusammen mit ihrem Freund. Der Vermieter hat keinen Leerstand und braucht sich nicht um den Makler zu kümmern. Nur der Makler schaut in die Röhre!"

„Aber ... gibt's da nicht so etwas wie eine Schweigepflicht?"

Jenny lacht.

„Ich hab doch gar nichts gesagt. Die Julia hätte es doch auch von den Nachbarn erfahren können. Hat sie ja auch vielleicht. Wer weiß ..."

Ich zapfe mir endlich einen Becher Kaffeeplörre und gebe reichlich Zucker und Milch hinein.

„Hör mal Jenny, machen wir uns nichts vor: Deine Julia profitiert von Informationen, an die sie nicht gelangt wäre, wenn nicht du in deiner Eigenschaft als Krankenschwester–"

Jenny unterbricht mich.

„Weißt du, wie wenig wir hier verdienen? Nein? Dann halt doch einfach das Maul! Irgendeinen Vorteil müssen wir doch haben, dafür, dass wir hier dementen Omis den Hintern abwischen. Wenn wir es uns schon nicht leisten können, einen Makler zu bezahlen!"

Damit verlässt sie den Raum, bevor ich irgendwas erwidern kann.

Es stinkt auf dem Flur

Ein Ausbruch von Noro-Viren ist kein Spaß. Der aggressive Magen-Darm-Keim verbreitet sich rasend schnell und hält sich an kein Gesetz. Das ist nicht fair. Weder für die Patienten noch für uns.

Es stinkt. Es stinkt bestialisch über den ganzen Flur. Schwester Paula kommt aus einem Patientenzimmer, verkleidet mit Handschuhen, Mundschutz und grünem Einwegkittel, in der Hand vor sich trägt sie eine Bettpfanne.

Kalle wirft ihr einen fragenden Blick zu. „Wer?"

„Herr Chromsky!", sagt Schwester Paula. Kalle zieht einen zerknitterten Zettel aus seiner Kitteltasche. „Das wäre dann Nummer dreizehn!"

Die dreizehnte Patientin mit Durchfall oder Erbrechen oder Erbrechen mit Durchfall oder Durchfall mit Erbrechen. Schuld ist das Norovirus. Das schlägt ganz plötzlich zu und verbreitet sich rasend schnell, nicht nur in Krankenhäusern und Pflegeeinrichtungen, sondern ab und zu auch in Luxushotels oder auf Kreuzfahrtschiffen. So eine kleine Epidemie trifft uns regelmäßig immer wieder, meist in der kühlen Jahreszeit, im Durchschnitt so ein bis zweimal im Jahr.

Hygienemaßnahmen sind jetzt das A und O

Und wenn wir die Biester an Bord haben, dann ist Schadensbegrenzung das oberste Gebot: strengste Hygienemaßnahmen sind Pflicht für alle Mitarbeiter und die betroffenen Patienten dürfen ihre Zimmer nicht verlassen. Wenn wir Glück haben, ist der Zauber nach ein bis zwei Wochen wieder vorbei. Wenn wir Pech haben, dauert es ewig. Was vor allem dann passiert, wenn sich die Patienten nicht an die Isolierungsmaßnahmen halten und munter weiter über die Flure geistern. Oder wenn der eine oder andere Mitarbeiter nicht viel von Hygiene versteht und von Zimmer zu Zimmer geht, ohne sich zwischendurch die Hände zu desinfizieren. Oder ... oder ... oder ... manchmal ist es einfach so.

Mein Diensthandy düdelt. Pfleger Marvin ist dran aus der Notaufnahme.

„Chef?"

Bin ich nicht. Aber Marvin redet mich öfter so an und wenn er das tut, dann hat er schlechte Nachrichten.

„Was gibt's?"

„Ich hab noch einen für Euch!"

Einen Zugang? Das ist noch nicht unbedingt eine schlechte Nachricht.

„Und?", frage ich.

„Der kackt!"

Platzmangel und Aufnahmestopp

Also Nummer vierzehn. Für seine drastische Ausdrucksweise hätte Marvin vor ein paar Monaten übrigens fast mal eine Abmahnung kassiert, als sich zufällig ein Mitglied der Geschäftsführung in die Notaufnahme verirrt hatte, aber die Sache ist im Sande verlaufen und Marvin schimpft seither nur noch heftiger auf die Tintenpisser aus der Verwaltung.

Aber jetzt muss ich mich um den neuen Patienten kümmern. Eigentlich haben wir während eines Noro-Ausbruchs einen Aufnahmestopp, aber das ist meist reine Theorie. Denn es lässt sich nicht leugnen, dass die meisten Noro-Patienten schwer krank sind. Durch Durchfall und Erbrechen haben sie Flüssigkeit verloren und wenn es sich um ältere oder chronisch kranke und fragile Menschen handelt, dann lässt sich die Situation zu Hause oder im Heim nicht adäquat kontrollieren. Im Prinzip sind die Leute also bei uns richtig. Aber wohin mit ihnen?

Schwester Paula stöhnt. „Ich habe kein Zimmer mehr frei!" – „Könnte man nicht umschieben?", fragt Sarah.

„Aber meine Mutter möchte in ein neues Zimmer"

Nein, das wäre fast ein Kunstfehler! Unsere allerwichtigste Aufgabe ist, die weitere Ausbreitung des Erregers zu verhindern und deshalb werden grundsätzlich keine Betten verschoben, schon gar nicht von einem Zimmer mit betroffenen Patienten in ein Zimmer, dessen Bewohner bislang noch verschont geblieben sind. Und genau das ist der Grund, warum Kalle sich gerade mit der Tochter von Frau Hanselmann streiten muss.

„Meine Mutter will in ein anderes Zimmer!", sagt Frau Hanselmann junior.

„Das weiß ich."

„Und?"

„Sie bleibt, wo sie ist."

„Aber ihre Nachbarin hat Durchfall!"

„Das ist richtig."

„Sie könnte meine Mutter anstecken!"

„Auch das ist richtig."

„Und was dann?"

„Das wäre schade."

„Warum machen Sie dann nichts?"

„Weil wir unsere anderen Patienten nicht gefährden dürfen. Auch wenn Ihre Mutter noch keinen Durchfall hat, könnte sie andere Patienten anstecken. Deswegen können und dürfen wir sie nicht in ein anderes Zimmer verlegen. Höchstens in ein freies Einzelzimmer. Aber wir haben leider keines."

Noroviren sind unfair – für alle Beteiligten

„Dann setzen Sie meine Mutter also absichtlich dem Risiko aus? Das ist unfair!"

Ja, es ist unfair. Diese ganze Sache ist unfair. Unfair für Frau Hanselmann, unfair für Herrn Chromsky und die anderen betroffenen Patienten. Und unfair für uns. Zwei Pflegekräfte hat es schon erwischt.

Kalle hat seine Ruhe nicht verloren. Gemächlich schlendert er über den Flur. Er pfeift. Die Melodie erinnert ein wenig an „Wir lagen vor Madagaskar".

Eine Unterschrift und ein Bein weniger

Sorgfältig und umfassend muss ein Patient über einen geplanten Eingriff aufgeklärt werden. Auch dann, wenn die Kommunikation nicht so einfach ist. Nur im Notfall darf es schneller gehen. Aber was ist ein Notfall?

„Lassen Sie den Patienten nüchtern, dann kommt er heute noch auf den Tisch!", sagt Oberarzt Biestig und dreht sich auf dem Absatz um. Aber dann, kurz vor dem Treppenhaus, fällt ihm noch etwas ein. „Ich geb der Anästhesie Bescheid!"

Die Anästhesie ist grundsätzlich sächlich – in Wirklichkeit zwar meistens weiblich, aber das ist für den Kollegen jetzt egal. Er zögert eine Sekunde. Maliziöser Blick zu uns. „Sie müssen ihn natürlich noch unterschreiben lassen!"

Damit ist er entgültig weg. Und wir haben ein Problem.

„Ich mach schon!", sagt Sarah und begibt sich ins Stationszimmer.

„Wenn ich ein Problem habe, dann schneide ich es raus"

Herr Schrattinger ist Diabetiker. Er hat eine tiefe Wunde am Fuß und die heilt nicht. Im Gegenteil, sie wird immer größer und sieht mittlerweile ziemlich verschmoddert aus. Aus diesem Grunde haben wir unseren chirurgischen Kollegen – den legendären Oberarzt Biestig – um Hilfe gebeten.

Dessen Entscheidung ist schnell getroffen: „Wenn ich ein Problem habe, dann schneide ich es raus! Also Amputation. Wenn ihr wollt, gerne heute noch. Das passt ganz gut, denn für im Nachmittagsprogramm ist ein großer Punkt ausgefallen, da haben wir noch Luft!"

Übersetzt aus der Chrirurgensprache bedeutet das: Eine für heute Nachmittag geplante Operation kann nicht durchgeführt werden oder muss verschoben werden, also haben die Kollegen Zeit und damit sie nicht Däumchen drehen, soll unser Herr Schrattinger dran glauben müssen.

Was, wenn die Aufklärung nicht verstanden wird?

Sarah kramt in einem Büroschrank herum. Nachdem sie mehrere Aktenordner durchwühlt hat, findet sie das richtige Aufklärungsformular, klebt ein Etikett mit Herrn Schrattinges Personalien darauf und macht sich auf zum Patientenzimmer.

Nach einer Viertelstunde kommt sie zurück.

„Und?", frage ich.

Sarah schüttelt den Kopf.

„Was ist los?"

„Der peilt's doch nicht!"

Nun ja, Herr Schrattinger ist kognitiv ein wenig eingeschränkt. Nicht stockdement, aber halt doch ein bisschen tüddelig. Er kann nur operiert werden, wenn er mit der Operation einverstanden ist. Das setzt natürlich voraus, dass er versteht, was die Kollegen mit ihm vorhaben. Aus diesem Grunde muss er über die geplanten Maßnahmen aufgeklärt werden, und zwar gründlich und sorgfältig.

Hierzu gibt es ein Informationsblatt, das ist mehrere Seiten lang. Dieses Blatt sollte Herr Schrattinger zunächst einmal durchlesen – was nicht so einfach ist, da er auch trotz starker Brille kaum noch etwas sieht. Natürlich kann man ihm den Text auch vorlesen und man sollte es ihm sowieso in verständlicher Sprache erklären und auf Rückfragen und Bedenken eingehen.

Unterschreiben geht auch nicht mehr richtig

Letztendlich muss der Patient dann sein Einverständnis nach gründlicher und sorgfältiger Aufklärung per Unterschrift dokumentieren. Und hier ergibt sich das nächste Problem: Herr Schrattinger ist nicht nur Diabetiker, sondern leidet dazu auch noch an Morbus Parkinson, was ihn daran hindert, einen Stift zu führen.

„Er hat gesagt, wir sollen das mit seiner Tochter klären!", berichtet Sarah.

Das sollten wir wirklich tun. Sich vor so einem Eingriff mit den Angehörigen kurzzuschließen, gehört schließlich zum guten Ton.

„Geht aber leider nicht!"

„Warum nicht?"

„Die Tochter kommt erst morgen aus dem Urlaub zurück. Es gibt zwar noch einen Sohn, aber der lebt dreihundert Kilometer weit weg und er sagt, er hat mit der ganzen Sache nichts zu tun, weil er keine Vollmacht hat!"

„Dann warten wir halt bis morgen."

„Geht auch nicht!"

„Warum?"

„Biestig macht Druck!"

Biestig macht kurzen Prozess

Ein paar Minuten später steht er plötzlich, wie aus dem Boden gewachsen vor uns.

„Mensch Mädchen, mach doch nicht so einen Zinnober!", seufzt er, nimmt Sarah den Aufklärungsbogen aus der Hand und entschwindet in Richtung Patientenzimmer.

Sarah schmollt. Ich versuche, sie zu beruhigen.

„Glaub mir, es ist besser so! Eigentlich muss er es sowieso selbst machen! Oder hast Du wirklich eine Ahnung, wie so eine Operation genau abläuft und was dabei alles passieren kann?"

Sarah schüttelt den Kopf.

Eine Minute später kommt Biestig zurück. Auf dem Aufklärungsbogen prangt eine Unterschrift. Wobei Unterschrift wohl ein Euphemismus ist: es ist eher ein unleserlicher Krakel. Und daneben hat Dr. Biestig in gleichfalls hieroglyphenartiger From bestätigt, dass er seinen Patienten ausführlich und umfassend aufgeklärt hat.

„Muss dass denn nicht schon von Gesetzes wegen mindestens vierundzwanzig Stunden vor der Operation geschehen?", will Sarah wissen.

Biestig schüttelt den Kopf. „Im Notfall muss es halt schneller gehen!"

Und das hier ist wirklich ein Notfall?

„Warum nicht? Die Wunde ist eitrig belegt und die Entzündungswerte steigen!"

Oberarzt Biestig ist schon wieder weg und am Abend hat Herr Schrattinger ein Bein weniger.

Der Holzfäller und das dünne Blut

Wer regelmäßig mit Kettensägen hantiert, sollte nicht unbedingt Blutverdünner einnehmen. Wer zu Lungenembolien neigt, sollte aber unbedingt Blutverdünner einnehmen. Und wer Waldarbeiter ist, kann nicht ohne weiteres auf Aktivitäten wie Baumfällarbeiten verzichten.

„Kundschaft für euch!", brüllt es mir aus dem Telefon entgegen. „Was gibt's?", frage ich zurück.

„Zwei Synapsen, und eine hat grad Urlaub!" Pfleger Marvin aus der Notaufnahme ist nicht unbedingt für seinen respektvollen Umgangston bekannt und ich hoffe, dass der betreffende Patient sich nicht in Hörweite befindet.

„Geht's ein bisschen genauer?"

„Morbus Einödshofen!"

Kettensägenmassaker in Einödshofen

Einödshofen liegt etwa zehn Kilometer von Bad Dingenskirchen entfernt, vielleicht sind es auch nur fünf oder auch 15, so genau weiß ich das nicht, weil es eigentlich keinen Grund gibt, dahin zu fahren. Am Ende der kurvigen Straße finden sich nur ein paar Bauernhöfe, eine Kirche und das Dorfgasthaus, in dem es den billigsten Schweinebraten weit und breit gibt. Bäcker, Metzger und Tante-Emma-Laden haben schon vor Jahren dicht gemacht und einen Arzt gibt's da auch nicht mehr. Marvin behauptet steif und fest, alle Einwohner seien aufgrund von jahrhundertelanger Inzucht völlig verblödet.

„Jetzt sag schon endlich: Was hat er?"

„Fast verblutet. Wollte einen Baum fällen und ist mit der Kettensäge ausgerutscht. War keine gute Idee."

Okay, jetzt weiß ich mehr. Aber ist so eine Verletzung mit hohem Blutverlust nicht eher ein Fall für die Chirurgen?

„Möglich", sagt Marvin, „aber Martin sieht das anders!"

Aha, so ist das also! Mein Kollege Martin aus der chirurgischen Abteilung ist ein wahrer Experte, wenn es darum geht, Wege zu finden, seine Arbeit an andere abzudrücken.

Die Wunde ist genäht, der Rest ist internistisch

„Was sagt Martin?"

„Er hat die Wunde genäht, alles schön verbunden und sagt, der Rest ist internistisch!"

Danke auch, Kollege! Wenn's nix zu operieren gibt, ist er nicht interessiert. Und natürlich ist es einfacher, stille Post zu spielen, als direkt mit mir zu reden.

„Macht das bitte unter euch aus!", fährt Marvin etwas ungeduldig fort.

„Ist schon gut, schick ihn rauf!"

Ein paar Minuten später hält Sarah mir einen Laborzettel unter die Nase. „Hb von fünf komma acht", sagt sie. „Ich habe schon gleich zwei Konserven gekreuzt!"

Nur zwei? Bestell mal lieber gleich mindestens vier! Und jetzt will ich endlich wissen, was da los ist.

Mit dem Rattengift ist jetzt Schluss

Der Patient ist fast zwei Meter groß und man nimmt ihm gerne ab, dass er seine Zeit damit verbringt, im Einödshofener Wald Bäume zu fällen. Aber jetzt war wohl die Kettensäge stärker. War es nur die Kettensäge?

„Das Rattengift könnt ihr euch sonstwohin stecken!", schimpft er.

Wie bitte?

„Das Rattengift!", wiederholt er, „das hab ich schlucken müssen! Aber damit ist jetzt Schluss!"

Schnell ein Blick in die Krankenakte: Aha, er hat Recht! Er war nämlich schonmal hier, wegen einer Lungenentzündung, die keine richtige Lungenentzündung war, sondern eine Infarktpneumonie auf dem Boden einer Embolie. Deshalb muss er Marcumar nehmen zur Antikoagulation.

Da ihm das Ganze ein Jahr später nochmal passierte, wird er wohl sein Leben lang diese Tabletten schlucken müssen, die seine Blutgerinnung weitgehend außer Kraft setzen. Rein biochemisch gesehen wirkt das Zeug übrigens tatsächlich so ähnlich wie Rattengift, bloß dass hier natürlich das Ziel darin besteht, sein Leben nicht vorzeitig zu beenden, sondern zu verlängern.

Leidenschaft mit Restrisiko

Wenn er es nicht nimmt, besteht die Gefahr einer erneuten Lungenembolie und die könnte tödlich verlaufen. Auf der anderen Seite ist das Blutungsrisiko deutlich erhöht – riskante und unfallträchtige Tätigkeiten wie Kettensägenmassaker an Waldbäumen sollten eigentlich passé sein.

Mein Patient schüttelt den Kopf. „Ich bin aber nunmal Waldarbeiter!", sagt er. „Soll ich etwa Rente beantragen? Mit fünfundvierzig? Oder gleich Hartz IV? Ich will doch dem Staat nicht auf der Tasche liegen!"

Dann vielleicht lieber umschulen?

„Auf was denn? Ich hab arbeiten gelernt! Zupacken kann ich, das ist mein Ding!"

Mein Patient funkelt mich an.

„Wisst ihr was? Jetzt flickt's mich wieder zusammen und dann lassen wir das Rattengift einfach weg!"

Bis zur nächsten Lungenembolie? Aber so ist das wohl. Nennt sich Restrisiko.

Unter Schmerzen sollst du sterben

Schwerkranke Menschen haben Schmerzen. Wer Schmerzen hat, bekommt Schmerzmittel. In beliebiger Menge? Oder ist irgendwann einmal Schluss?

Es piepst auf dem Flur. In Zimmer achtundzwanzig geht die Glocke. Oberhalb der Tür leuchtet ein rötliches Lämpchen, der Patient hat nach der Schwester geklingelt.

Zimmer achtundzwanzig ist ein Einzelzimmer. Ein bisschen abseits gelegen und doch gut erreichbar für die Pflegekräfte. Zu klein und zu unbequem, um es Privatpatienten anbieten zu können, aber groß genug, um eine Liege oder einen bequemen Sessel hineinzuschieben, wenn Angehörige über Nacht bleiben wollen.

Wer in Zimmer achtzundzwanzig wohnt, schaut nicht aus dem Fenster

Die Aussicht aus dem Fenster geht zwar nur auf den rückwärtigen Parkplatz, aber wer in Zimmer achtundzwanzig wohnt, schaut nicht mehr aus dem Fenster. Zimmer achtundzwanzig ist das Sterbezimmer.

Natürlich heißt es nicht offiziell so. Wer lange genug bei uns gearbeitet hat, nimmt dieses Wort niemals in den Mund, nur die Neulinge raunen es sich hinter vorgehaltener Hand zu und so weiß es jeder, auch wenn man es nicht ausspricht.

Es gibt es auch Patienten, die das Zimmer achtundwanzig gesund oder gesünder wieder verlassen haben. Aber ein großer Teil derjenigen, die auf unserer Station ihre letzten

Tage erlebt haben, haben dies in Zimmer achtundzwanzig getan.

Wie viel Morphium ist okay?

Und der aktuelle Bewohner braucht jetzt Hilfe. Schwester Jenny macht sich auf den Weg. Ein paar Minuten später kommt sie wieder zurück.

„Herr Wulfsberger hat Schmerzen!"

Herr Wulfsberger hat ein weit fortgeschrittenes Bronchialkarzinom mit Knochenmetastasen, die auch schon einige pathologische Frakturen verursacht haben.

„Spritz ihm noch eine Zehner Morphium!", sage ich.

Sarah schaut mich mit großen Augen an. „Spinnst du?"

Warum?

„Er hat doch erst vor einer Stunde eine bekommen!"

Na und?

„Was der in den letzten Tagen an Morphium bekommen hat, das haut einen Elefanten um!"

Hat er Schmerzen oder will er nicht mehr?

Aber wenn er noch Schmerzen hat?

„Der hat doch keine Schmerzen!", sagt Sarah, „Der kann doch gar keine Schmerzen haben. Ist doch vermutlich alles bloß psychisch!"

Woher weißt du das so genau?

„Ist doch klar. Der will einfach nicht mehr. Der hat sich aufgegeben. Und deshalb sagt er einfach, dass er Schmerzen hat!"

Und wenn dem so wäre? Was sollen wir tun?

Sarah zieht die Schultern hoch.

„Wir könnten den Pfarrer zu ihm schicken."

Sorglos im Angesicht des Todes

Warum nicht? Zwar hat Herr Wulfsberger mit Kirche nichts am Hut – er ist schon vor vielen Jahren ausgetreten, wie er mir mal gesagt hat – aber unser Klinikseelsorger ist ein sehr sensibler, zurückhaltender und höflicher Mann, der von allen hochgeschätzt wird.

Trotzdem kriegt Herr Wulfsberger jetzt seine Morphium-Spritze.

Sarah schüttelt den Kopf.

„Ich versteh nicht, wie man so sorglos sein kann mit Opiaten. Das sind doch sau-gefährliche Drogen! Hast du an all die Nebenwirkungen gedacht?"

Sie wendet sich ab.

Am nächsten Morgen ist Herr Wulfsberger tot.

„Die ganze Nacht über hat er geklingelt!", berichtet Schwester Anna. „Alle paar Minuten und ständig wollte er Schmerzmittel haben. Bis die Nachtwache ihm dann gesagt hat, dass jetzt Schluss ist!

Ruhm, Ehre und Schulden

Niemand will Hausarzt werden. Ist es heutzutage noch zeitgemäß, von einem jungen Arzt zu erwarten, sich hoch zu verschulden und für den Rest seines Arbeitslebens auf einen Ort festzulegen?

Uwe grüßt lässig zurück. Ein Unbekannter hat ihm gerade freundlich zugenickt und fünf Minuten zuvor war ein älterer Mann mit Rollator vorbeigeschluft und hat sogar seinen Hut gezogen.

Ich kann nur den Kopf schütteln. „Sag mal, bist du zufällig der Papst?"

Uwe lächelt und nimmt einen tiefen Schluck aus seinem Bierglas. Wir sitzen auf dem Marktplatz vor Gepettos Restaurant und lassen das Leben an uns vorbeiziehen. Es ist ein herrlich-milder Frühlingsabend, alles blüht, die Sonne scheint, Vögel zwitschern und ein Kleinkind wackelt über das Pflaster, die Mama im Kinderwagen hinterher.

„Ich habe nun einmal den schönsten Job der Welt!"

Zwei etwas größere Kinder rollern vorbei und auf der Bank vor dem Rathaus sitzt eine Gang von Jugendlichen und ist hauptsächlich damit beschäftigt, cool auszusehen. Und Uwe wird schon wieder gegrüßt.

„Hey, wenn es da etwas gibt, was ich nicht weiß, dann sag's mir einfach!"

Uwe lächelt immer noch und trinkt einen weiteren Schluck Bier.

„Ich habe nun einmal den schönsten Job der Welt!", sagt er.

Uwe ist Hausarzt. Offenbar mit Leib und Seele.

„Kannst du auch machen!", fügt er hinzu.

„Warum sollte ich?"

„Kaiser Wilhelm sucht einen Nachfolger!"

Der Kaiser unter den Hausärzten

Das ist nichts Neues. Dr. Wilhelm Kaiser – in der ganzen Stadt bekannt als Kaiser Wilhelm – hat mittlerweile längst sein siebzigstes Lebensjahr überschritten. Oder so ähnlich, ganz genau weiß das keiner. Weil er bislang keinen Nachfolger gefunden hat, steht er weiterhin jeden Tag von früh bis spät in der Praxis und ich habe ihn jede Woche mehrmals am Telefon, weil es für ihn eine Ehrensache ist, sich regelmäßig nach seinen Patienten zu erkundigen, wenn die stationär bei uns liegen.

Er will seine Patienten ja schließlich nicht im Stich lassen! Wenn er einen von ihnen ins Krankenhaus einweisen musste, hat er ihn persönlich begleitet. Das schafft er nun gesundheitlich nicht mehr, aber immerhin schickt er jedes Mal eine seiner Helferinnen mit. Kein anderer Hausarzt tut das, auch Uwe nicht.

Hausarzt zu werden hat seinen Preis

Er setzt das Bierglas ab und schaut mich an. „Du könntest seinen Laden übernehmen!"

„Will ich aber nicht."

„Warum nicht?"

Ich zucke mit den Schultern. Kalle hat es vor ein paar Monaten versucht. Unzählige Male hat er sich mit Dr. Kaiser getroffen, hat viele Gespräche geführt und sogar in der Praxis hospitiert, aber letzendlich sind sie sich nicht einig geworden.

„Kaiser Wilhelm verlangt einen ziemlich stolzen Preis!"

Uwe lacht. „Ich weiß. Über 100.000 Euro will er haben. Und dazu muss man nochmal mindestens ebensoviel hineinstecken. Die Ausstattung ist total veraltet, man braucht eine komplett neue EDV, neue Geräte und dann dann muss man die Räumlichkeiten gründlich renovieren. Außerdem erwartet Dr. Kaiser, dass man sein Team komplett übernimmt, und wer weiß, ob die Damen so einfach mit einem neuen Arzt zurechtkommen werden. Und was den Patientenstamm betrifft ..."

„Du bist ja gut informiert!"

So viel Schulden, so viel Gebundenheit

„Normalerweise werden diese Informationen so vertraulich behandelt wie ein Staatsgeheimnis. Aber hin und wieder erfährt man ja das eine oder andere!"

Gepetto serviert unsere Pizzen. Ich bestelle mir noch ein zweites Bier. Das kann ich mir leisten. Letzte Woche ist das Gehalt gekommen, mein Konto ist satt im Plus.

„Ich hätte kein gutes Gefühl dabei, 200.000 Euro Schulden an der Backe zu haben!", sage ich zwischen zwei Bissen.

Uwe lacht wieder. „Bei mir sind es sogar 250.000!"

Um Himmelswillen! Fast wäre mir die Gabel aus der Hand gefallen. „Wirst Du die jemals wieder hereinbekommen?"

Uwe antwortet nicht. Er lächelt. Auf der anderen Seite des Marktplatzes hat er schon wieder einen Bekannten entdeckt.

„Du bist doch auf Ewigkeiten an diesen Ort gebunden!", füge ich hinzu. „Was ist, wenn deine Frau Dich verlässt und Du die Liebe deines Lebens in Timbuktu kennenlernst? Oder wenn du nach der Midlife-Crisis auf die Idee kommst, in Neuseeland Schafe züchten zu wollen?"

Uwe schüttelt den Kopf. „Manchmal muss man halt Entscheidungen treffen!", sagt er.

Leben in Deutschland oder Sterben in Afrika

In Deutschland kann ein Mensch nach einer HIV-Infektion ein fast normales Leben führen. In Afrika ist die Diagnose oft immer noch ein Todesurteil. Ist es moralisch vertretbar, einen abgelehnten Asylbewerber nach Nigeria zurückzuschicken, auch wenn er dort wahrscheinlich nicht adäquat behandelt werden kann?

Jason hat schlechte Laune. Unablässig stapft er auf dem Raucherbalkon auf und ab und rollt dabei mit den Augen wie ein eingesperrtes Raubtier. Ab und zu schnorrt er sich eine Zigarette, raucht sie hastig und schnippt die Kippe achtlos über die Brüstung. Ab und zu klingelt sein Handy und dann spricht Jason laut und schnell in einer fremden Sprache – zwischendurch mal ein paar Worte in Englisch – dann steckt er das Handy weg, dreht sich um und eilt über den Flur zu seiner Zimmertür, die er krachend hinter sich zuwirft. Kalle schaut ihm kopfschüttelnd hinterher.

„Was ist dem denn für eine Laus über die Leber gelaufen?"

Martin grinst.

„Dem geht's offenbar zu gut!"

„Warum?"

„Als es ihm schlechter ging, war er besser drauf!"

Bald geht es für Jason nach Hause

Martin macht eine Kunstpause.

„Bald geht's nach Hause!".

Er spreizt die Arme ab und bewegt die Handflächen auf und ab. „Ab in den Flieger!", fügt er hinzu, „zurück nach Nigeria!"

Da kommt Jason her. Und zwar aus dem Norden des Landes, wo Terrormilizen all denen das Leben schwer machen, die ihnen in die Quere kommen. Jason war ihnen in die Quere gekommen. Seine kleine Autowerkstatt wurde abgefackelt, mehrere Familienangehörige umgebracht und er selbst musste fliehen. Mit seinem letzten Geld hat er einen Schleuser bezahlt, der ihn übers Mittelmeer nach Europa gebracht hat. Sagt Jason. Die Behörden haben ihm die Geschichte nicht geglaubt. Sein Asylantrag wurde abgelehnt, Jason sollte abgeschoben werden. Aber dazu war er zu krank.

Husten, Schüttelfrost und dann der Zusammenbruch

Kurz nach seiner Ankunft in Deutschland begann der Husten, der immer schlimmer wurde. Natürlich hat Jason das zunächst auf das ungemütliche Wetter geschoben und nicht weiter beachtet. Auch dann nicht, als Schwindel, und später Atemnot und Schüttelfrost hinzukamen. Irgendwann ist er einfach zusammengeklappt und wurde mit Blaulicht in die Notaufnahme gebracht. Keine Minute zu früh.

Es folgte eine dramatische und langwierige Behandlung auf der Intensivstation mit Beatmung und allem, was dazu gehört. Anfangs stand sein Leben ziemlich auf der Kippe, aber dann hat Jason sich allmählich erholt und konnte auf die Normalstation verlegt werden, wo sich sein Zustand weiter verbesserte.

Jason möchte nicht zurück

„Jason hat Angst!", sagt Sarah.

„Das hätte wohl jeder von uns, wenn man ihn nach Nigeria schicken würde!", meint Kalle.

„So schlimm kann's da doch gar nicht sein!", sagt Martin. „Der soll doch froh sein, dass er nach Hause kommt!"

Sarah schüttelt den Kopf.

„Darum geht's doch gar nicht!"

„Worum dann?", fragt Kalle.

„Dass er dort seine Medikamente nicht bekommt!"

Er wird niemals mehr gesund werden – schon gar nicht in Afrika

Jetzt hat Kalle verstanden: Jason ist noch lange nicht gesund. Jason wird niemals mehr gesund werden. Natürlich hat man während des Krankenhausaufenthaltes umfangreiche Diagnostik durchgeführt, und natürlich gehört bei einem jungen Menschen mit Fieber, der aus Afrika kommt auch der HIV-Test dazu. Dass der Test positiv ausfiel, war für Jason ein großer Schock.

„Zum Glück gibt's inzwischen gute Medikamente dafür!", sagt Sarah.

Das ist richtig. War die HIV-Diagnose in den 1980er Jahren noch ein sicheres Todesurteil, hat sich seither in der medizinischen Forschung auf diesem Gebiet eine Menge getan. Mittlerweile kann ein HIV-Infizierter ein fast normales Leben führen. Hier in Deutschland. Aber nicht in Afrika. Dort sind die entsprechenden Medikamente kaum zu beschaffen, und wenn, dann sehr teuer und oft gefälscht. Die Lebenserwartung eines Menschen mit HIV-Diagnose ist dort auch heute noch kaum höher als in den 1980er Jahren.

„Meinen Steuergeldern für nigerianische Asylbetrüger?"

Sarah reißt die Augen auf.

„Das heißt, dass er sterben wird, wenn man ihn zurückschickt?"

„Das wird er wohl tun!", sagt Martin und blickt feixend in die Runde, „Wir alle müssen sterben. Die einen früher, die anderen später. Aber ich habe ganz bestimmt anderes zu tun, als mit meinen Steuergeldern nigerianische Asylbetrüger durchzufüttern!"

Kopfschüttelnd wendet er sich ab.

„Bilde Dir bloß nicht ein, Du könntest die Welt retten!", wirft er uns noch hinterher, bevor er im Treppenhaus verschwindet.

„Aber wir können Jason doch nicht einfach so in den Tod schicken?", sagt Sarah und schaut fragend von einem zum Anderen.

Da ist die Tür!

Nicht jeder, der nachts in der Notaufnahme auftaucht, muss stationär aufgenommen werden. Aber darf man einen Betrunkenen einfach so vor die Tür setzen?

Kreidebleich sitzt er auf der Kante der Liege in der Notaufnahme und starrt sein Gegenüber ungläubig an.

„Aber Sie können doch nicht ...“

„Natürlich können wir das, Herr Bügelmeyer!“, sagt Kalle und lächelt jovial.

„Aber ich kann doch nicht ... in diesen Sachen ...“

Der Patient deutet hilflos auf seinen blauweiß gestreiften Bademantel.

„Warum nicht? Sie sind doch im selben Aufzug hierher gekommen!“

Er schaut zu Boden.

„Da war ich aber im Krankenwagen!“

„Nun, es stand Ihnen frei, sich vorher etwas anderes anzuziehen.“

„Konnte ich nicht. War doch krank.“

„Nein, Herr Bügelmeyer, Sie waren nicht krank. Sie waren betrunken. Und das sind Sie immer noch.“

„Ich komme zur Entgiftung!“

„Ich weiß. Sie sind schon mehrmals gekommen, immer nachts und sturzbetrunken und haben gesagt, dass Sie zur Entgiftung kommen möchten. Wir haben Sie aus Mitleid immer wieder stationär aufgenommen. Jedes Mal sind sie nach zwei oder drei Tagen wieder gegangen oder haben wieder angefangen, zu trinken oder was weiß ich. Wir haben Ihnen mehrmals gesagt, dass wir Sie nicht mehr ernst nehmen können und wegen einer Entgiftung nicht mehr stationär aufnehmen werden. Sie sind trotzdem immer wieder gekommen. Und aus Mitleid haben wir Sie nicht fortgeschickt ..."

„Warum tun Sie das jetzt?"

„Weil Sie meine Kollegin bedroht haben."

„Diese Schla ..."

„Bitte, Herr Bügelmeyer!"

„Die wollte mich rausschmeißen!"

„Meine Kollegin hat Ihnen das gesagt, was ich Ihnen gerade gesagt habe. Daraufhin sind Sie laut geworden und haben Sie körperlich bedroht. Zum Glück ist unser Pfleger Marvin rechtzeitig dazwischen gegangen."

„Wissen Sie, was der gemacht hat? Der hat mir fast den Arm ausgekugelt!"

„Er hat Sie vor einer Anzeige wegen Körperverletzung bewahrt."

„Aber so kann ich doch nicht auf die Straße ..."

„Wir rufen Ihnen ein Taxi."

„Das zahlt die Kasse?"

„Nein, das zahlen Sie selbst."

„Und wo soll ich hin?"

„Das wird Sie der Taxifahrer nachher auch fragen. Bis dahin sollten Sie sich eine Antwort überlegt haben."

„Hören Sie, meine Frau hat mich vorhin rausgeschmissen ... Ich sitze auf der Straße!"

„Das ist sehr bedauerlich."

„Das ist unterlassene Hilfeleistung ...", der Patient macht keine Anstalten, aufzustehen, „ ... wir sehen uns vor Gericht!"

Kalle lächelt.

„Gerne. Ich darf Sie jetzt trotzdem bitten, das Haus zu verlassen!"

Herr Bügelmeyer bleibt sitzen und wirft Kalle einen provozierenden Blick zu.

Marvin ist hinzu getreten. „Wird's bald oder brauchst du eine Extra-Einladung? In zehn Minuten sind die Bullen hier!"

Herr Bügelmeyer schaut noch einmal vom einen zum anderen und dann steht er auf und geht wortlos davon. Kurz darauf sehen wir ihn durchs Fenster durch die nächtlichen Straßen ziehen.

„Er kann einem trotzdem leid tun!", sagt Sarah.

Kalle schaut auf die Uhr. „In drei Stunden macht das Sozialamt auf!", sagt er, „bis dahin wird er schon nicht erfrieren!"

Schwester Paula unter Mordverdacht

Eine Pflegekraft wird des Mordes verdächtigt. Ein psychisch auffälliger stadtbekannter Wichtigtuer hat sie angezeigt. Die Verdächtigung ist haltlos, dennoch ist es für die Betroffene ein schwerer Schlag.

Schwester Paula weint. Das hat's noch nie gegeben: Sonst führt Schwester Paula selbstbewusst und aufrecht das Regiment auf Station. Nichts, rein gar nichts kann sie erschüttern, die schwierigsten Patienten nicht, die furchtbarsten Krankheiten schon gar nicht und auch der unerwartete Ausfall einer Mitarbeiterin nicht. Jetzt aber ist sie völlig in sich zusammengesunken und hat den Kopf auf der Tischplatte in den Armen verborgen.

„Kann ich Ihnen helfen?", fragt Kalle vorsichtig.

Schwester Paula hebt den Kopf und schnieft. Kalle holt einen Becher aus dem Schrank, füllt ihn mit Krankenhauskaffeeplörre und stellt ihn vor Schwester Paula auf den Tisch.

„Alles in Ordnung?"

Herrn Drölsbüttel ist gestern Verstorben

Ganz bestimmt nicht! Es muss schon eine Menge passieren, dass Schwester Paula dermaßen aus dem Gleichgericht gerät.

Kalle setzt sich zu ihr und nimmt sich auch eine Tasse. „Wollen Sie mir erzählen, worum es geht?"

Sie setzt sich auf und nimmt die Tasse in die Hand. „Herr Drolsbüttel!", schnieft sie.

„Der ist gestern Abend gestorben.“

„Kannten Sie ihn?“

Schwester Paula nickt.

„Ich wollte ihm doch helfen ...“

„Das muss schwer für Sie sein ... War er ein guter Bekannter?“

Herr Drolsbüttel war siebenundachtzig Jahre alt. Im Laufe des letzten Jahres hat er ziemlich abgebaut. Es begann mit einem Sturz und einer Schenkelhalsfraktur. Seither war er mehrmals bei uns, immer nur für wenige Tage, ohne dass wir eine richtige Diagnose finden konnten. Oder anders ausgedrückt: Es gab zahllose Diagnosen und nach jedem Aufenthalt wurden es ein paar mehr. Dahingerafft hat ihn letztendlich eine Lungenentzündung. Immerhin hat er ein gutes Alter erreicht und man kann hoffen, dass er ein erfülltes Leben gehabt hat.

Schwester Paula und ein Mord

„Darum geht es nicht ...“, schluchzt Schwester Paula.

„Sondern?“

„Ich soll ihn umgebracht haben!“

Kalle fällt vor Schreck fast die Tasse aus der Hand: „Nein!“

Schwester Paula ist die Gründlichkeit in Person. Ihre Art mag manchmal ein bisschen ruppig sein, aber einen Mord würde ihr ganz bestimmt niemand zutrauen.

„Er wohnt ... Er wohnte bei uns in der Nachbarschaft“, berichtet Schwester Paula, „ich war ein paar Male bei ihm, um nach ihm zu schauen, seine Tabletten zu richten und so. Was man halt macht als Nachbarin. Dann gibt es da einen Neffen, der wohnt gleich um die Ecke. Der war heute früh bei der Polizei und hat mich angezeigt.“

„Was hat er behauptet?“

„Der sagt, ich hätte Herrn Drolsbüttel vergiftet. Aus Rache. Dieser Neffe ist ein richtig unangenehmer Typ. An jedem Wochenende lädt er sich Leute zum Saufen ein. Dann feiern sie bis spät in die Nacht, machen Lärm, grölen herum und werfen Müll und leere Flaschen einfach über unseren Zaun. Jedes Wochenende geht das so. Irgendwann einmal hatte ich mich beschwert ..."

Kalle nickt.

„ ... und deswegen ..."

„ ... und deswegen behauptet er jetzt, ich hätte seinen Onkel vergiftet!"

Kalle schüttelt den Kopf.

Was schreibe ich auf den Totenschein?

„Der Typ spinnt doch!"

„Dieser Neffe war auch schon in der Psychiatrie. Aber ich muss heute trotzdem zur Polizei. Die wollen mich vernehmen. Wie einen Verbrecher!"

„Aber das ist doch erstunken und erlogen!"

„Richtig. Trotzdem fangen die Nachbarn an zu reden ..."

Auf meinem Schreibtisch liegt noch der Totenschein. Ich hatte bislang keine Zeit, ihn auszufüllen. Seufzend nehme ich das furchtbare Formular in die Hand. Todesursache? Eigentlich klar.

Gibt es einen Anhaltspunkt für „nicht natürlichen" Tod? Definitiv nicht. Oder doch? „Was soll ich schreiben?", frage ich Kalle.

Kalle zieht die Schultern hoch.

„Haltlose Anschuldigung vom Nachbarn? Ich würde die Polizei anrufen!"

Das tue ich dann auch. Zehn Minuten später ist der Fall geklärt: Die Beamten haben den Nachbarn ein wenig in die Mangel genommen und intensiv befragt, da hat er dann zugegeben, dass er sich die Sache bloß ausgedacht hat.

Schwester Paula ist erleichtert.

Schwere zu pflegen, ist schwer

Dicke Menschen sind bei Pflegenden unbeliebt. Weil es körperlich verdammt anstrengend ist, sie zu versorgen. Manche Pflegekraft hat sich schon auf diese Weise die eigene Gesundheit ruiniert. Sind übergewichtige Menschen nicht doch auch selbst an ihrem Schicksal schuld?

Auf Station geht's mal wieder zu wie im Taubenschlag. Eine ganze Reihe von Patienten werden heute entlassen und sitzen in Begleitung ihrer Angehörigen unruhig auf den Stühlchen vorm Schwesternzimmer und warten auf den Entlassbrief. Herr Schulze will unbedingt jetzt einen Arzt sprechen, weil ihm gerade jetzt irgendwas eingefallen ist, obwohl sein Anliegen eigentlich weder neu noch dringend ist und im Prinzip bis zur Visite warten könnte, aber dann hat Herr Schulze keine Zeit, weil er grundsätzlich immer zum Rauchen auf den Balkon geht, wenn Visite ist.

Die Notaufnahme hat zwei neue Patienten raufgeschickt, damit uns nicht langweilig wird und dann erscheinen vier Rettungsdienstler in der Aufzugstür. Mit dabei haben sie eine Trage im XXL-Format.

Herr Omelowski thront und strahlt

„Wo isser?", fragt einer von ihnen knapp, als sie das Schwesternzimmer passieren.

Marvin deutet den Gang hinunter.

„Zimmer vierzehn!", und dann grinst er sein fiesestes Grinsen. „Habt ihr ein Glück, dass der Aufzug heute nicht kaputt ist!"

Ich hätte schwören können, dass die Geste, die der Rettungsdienstler da in Marvins Richtung gemacht hat, einen Sekundenbruchteil lang wie ein Stinkefinger aussah, aber gesehen hab ich natürlich nichts.

Ein paar Minuten später sind sie wieder zurück. Und auf der Trage thront Herr Omelowski. Er sitzt da wie ein glücklicher Buddha, lächelt und strahlt in alle Richtungen und winkt wie die Queen beim Staatsbesuch.

Marvin übergibt den Rettungsdienstlern ein Kuvert und führt die Hand salutierend zur Stirn. „Abmarsch, Kollegen!"

Monatelang saß Herr O. im Bett

Jenny schaut der Prozession kopfschüttelnd hinterher. „Wie kann man bloß so dick sein!", sagt sie, als die Aufzugstüren sich hinter ihnen geschlossen haben.

„Das geht ganz einfach," sagt Marvin, „du musst nur genug futtern!"

„... und sich keinen Schritt bewegen!", fügt Schwester Paula hinzu.

Das ist richtig. Als er zu uns kam, konnte Herr Omelowski nicht mehr gehen. Die letzten Monate zu Hause hatte er ausschließlich im Bett verbracht. Bevor er zu uns kam, musste die Feuerwehr ihn mit der Drehleiter aus dem Fenster hieven. Wie viel er genau wiegt, wissen wir nicht, denn unsere Waagen hören bei 150 Kilogramm auf und Herr Omelowski wiegt mehr. Streng genommen wären selbst unsere Betten nicht mehr zugelassen für sein Gewicht.

„Endlich ist er weg!", sagt Jenny, „ihr könnt nicht glauben, wie froh ich bin!"

„Hey, sei doch nicht so böse zu ihm", entgegnet Sarah, „der kann doch nichts dafür, dass er so dick ist!"

Die Pfleger haben schon Rückenprobleme

Jenny verzieht das Gesicht und seufzt. „Natürlich kann er das. Ich verstehe nicht, wie ein Mensch sich so gehen lassen kann!"

„Ist das nicht allein sein Problem?"

Jenny schüttelt den Kopf. „Nein, es ist auch mein Problem. Ich muss seine 150 Kilo bewegen, wenn er zur Toilette muss! Ich komme mir jedes Mal vor, als ob ich ein Walross durch die Gegend wuchte! Einen Tag länger und mein Rücken hätte den Dienst quittiert!"

„Die Andrea hat sich schon seit zwei Wochen krank gemeldet," fügt Marvin hinzu. „Die hat sich bei ihm verhoben, gleich am ersten Tag!"

Dazu muss man allerdings wissen, dass Andrea allein in diesem Quartal schon mehr Fehltage angesammelt hat als Kalle, Sarah und ich zusammengenommen in den letzten zwei Jahren. Was aber nichts an der Tatsache ändert, dass die Pflege von Herrn Omelowski Schwerstarbeit war.

Ein Glas Nutella zum Frühstück

„Hey, der Mann ist doch krank!", wirft Sarah ein.

Das stimmt. Herr Omelowski verfügt über eine höchst eindrucksvolle Sammlung von Diagnosen. Irgendwie hängt alles mit allem zusammen und ist letztendlich auf das Gewicht zurückzuführen: So gut wie alle Gelenke schmerzen, der Rücken natürlich auch, Herz und Kreislauf sind beeinträchtig und selbstverständlich ist Herr Omelowski Diabetiker, was wiederum Einfluss auf Nieren, Augen und Nervensystem hat. Trotzdem ist er die Fröhlichkeit in Person.

„Wisst ihr, was der zum Frühstück trinkt?", fragt Jenny und gibt gleich die Antwort: „Er nimmt ein Glas Nutella, macht es in der Mikrowelle heiß und trinkt es aus!"

Sarah schüttelt sich. „Na, wenn's ihm schmeckt ..."

„Was er mit sich selbst macht, ist seine Sache!", schimpft Jenny, „aber er hat kein Recht, auch uns ins Grab zu bringen!"

„Trotzdem hat auch er ein Recht auf eine anständige medizinische Versorgung!", fügt Kalle hinzu und verlässt den Raum.

Bluttransfusion: Nicht überzeugt

Herr Danilo lehnt aus religiösen Gründen eine Bluttransfusion ab. Die Gabe von Erythropoetin wäre eine Alternative. Nicht besser, aber teurer. Muss die Allgemeinheit das bezahlen?

Herr Danilo hält Hof. Gerade eben ist wieder eine Gruppe von Besuchern in seinem Zimmer verschwunden und ich weiß genau, was jetzt geschieht: Herr Danilo sitzt halb aufgerichtet in seinem Bett. Ein bisschen bleich ist er noch, aber das ist auch kein Wunder bei dem, was der durchgemacht hat.

Seine Besucher werden sich ehrfürchtig nähern, mit gesenktem Kopf, sich vielleicht sogar verbeugen und ihm dann demütig die Hand reichen. Herr Danilo wird versuchen, zu lächeln, ein paar Nettigkeiten sagen, dann werden sie zusammen beten und nachdem sie noch mehr Nettigkeiten ausgetauscht haben, werden sie noch mehr beten. Es wird ziemlich viel gebetet in Herrn Danilos Zimmer.

Herr Danilo braucht dringend Bluttransfusionen

Auf seinem Nachttisch liegen religiöse Traktate und eine Bibel.

„Was is'n das für einer?", fragt Jenny.

„Weiß nicht. Wohl so 'ne Art Papst!", sagt Marvin, „aber nicht so ganz, weil der Papst normalerweise katholisch ist!"

Als Herr Danilo vor einer Woche zu uns kam, war er noch viel blasser als jetzt. Sein Puls raste, der Blutdruck war im

Keller und offenbar hatte er eine schwere Magenblutung hinter sich. Als Sarah das Ergebnis der Blutuntersuchung sah, hat sie gleich so viele Blutkonserven bestellt, wie sie auftreiben konnte. Dann ist sie, bewaffnet mit Kugelschreiber und Aufklärungsformular zum Patienten gegangen, um die notwendigen Formalitäten zu erledigen – soviel Zeit muss sein.

Herr Danilo nimmt das Formular bedächtig in die Hand, lächelt, und schüttelt den Kopf. „Nein!", sagt er.

„Er entscheidet, wann es Zeit ist, zu gehen!"

Sarah zuckt zusammen. „Wie meinen Sie das?"

„Sie werden mir keine Bluttransfusionen verabreichen!"

„Äh ... warum nicht?"

„Weil es nicht richtig ist. Weil es so geschrieben steht."

„Aber Sie haben eine Menge Blut verloren. Das muss ersetzt werden!"

„Und wenn nicht?"

„Sie könnten sterben!"

Herr Danilo lächelt erneut. „Er allein entscheidet, wann es Zeit ist, zu gehen!", sagt er und deutet mit dem Zeigefinger nach oben.

Sarah schaut auf das Formular.

„Das heißt ... Sie verweigern die Transfusion?"

Herr Danilo nimmt den Kugelschreiber in die Hand. „Ich unterschreibe Ihnen gerne, dass Sie mich nach allen Regeln der Kunst ausführlich aufgeklärt haben und ich auf eigene Verantwortung dagegen entscheide."

Kann man den Patienten einfach verbluten lassen?

Er tut das offenbar nicht zum ersten Mal. Sarah nickt ihm freundlich zu, verlässt rasch das Zimmer und kommt in die Stationsküche, wo Martin, Kalle und ich bei kalt gewordener Krankenhauskaffeeplörre zusammensitzen.

„Was machen wir jetzt?", fragt sie.

„Die Blutkonserven abbestellen!", sagt Kalle.

„Und der Patient? Wir können ihn doch nicht verbluten lassen!"

Kalle nippt an seinem Becher und schiebt ihn weg. „Wir haben ihn gastroskopiert und festgestellt, dass die Blutung gestoppt ist. Wir geben ihm genug Flüssigkeit per infusionem, dazu reichlich Eisen und warten ab."

„Sonst können wir nichts für ihn tun?"

Kalle steht auf und gießt den Inhalt des Bechers in die Spüle.

„Doch!", sagte er.

Sarah schaut ihn mit großen Augen an.

„Erythropoetin zum Beispiel: das unter Sportlern sehr bekannte Dopingmittel!"

Martin lacht kurz auf. „Weißt du, was das kostet?"

Er wartet die Antwort nicht ab. „Fehlt gerade noch, dass wir tausend Euro für so einen Sektenheini verballern, bloß weil der sich anders nicht behandeln lassen will!"

Goldtropfen auf dem heißen Stein

Neue Medikamente geben Tumorpatienten Hoffnung. Sie verlängern das Leben – und kosten eine Menge Geld. Helfen sie dem Patienten wirklich oder nur der Pharmaindustrie? Und kann sich unsere Gesellschaft diese Medikamente auf Dauer überhaupt leisten?

„Gute Besserung, Opa!", strahlt der kleine Junge. Herr Langenthaler zwingt sich ein Lächeln ab.

„Schau mal, ich hab dir ein Bild gemalt!"

Herr Langenthaler richtet sich mühsam auf, kramt im Nachttisch nach seiner Brille, schaut erst seinen Enkel und dann dessen Gemälde an, um es gebührend zu bewundern. Er will etwas sagen, bringt aber nur ein heiseres Husten hervor.

„Wirst Du denn wieder gesund werden, Opa?", fragt der Kleine.

Nein, das wird Herr Langenthaler nicht. Herr Langenthaler ist krank. Schwer krank. Die Art von krank, bei der man nicht mehr gesund wird. Der Tumor hat sich längst über alle Organsysteme ausgebreitet und kann letztendlich nicht mehr besiegt werden. Aber noch halten wir ihn in Schach: Aus einem Infusionsbeutel tropft eine glasklare Flüssigkeit in die Venen von Herrn Langenthaler.

Die Familie überredete Herrn Langenthaler zur Behandlung

„Zwanzigmal teurer als Gold!", sagt Kalle.

„Hilft es ihm denn?", fragt Sarah.

Kalle zuckt mit den Schultern.

Herr Langenthaler wollte die teure Behandlung eigentlich gar nicht. Er hatte längst mit seinem Leben abgeschlossen. Die Angehörigen haben ihn in langen Gesprächen schließlich überzeugen können, der Sache zuzustimmen. Dem Chef war es Recht, immerhin ist Herr Langenthaler Privatpatient. „Es ist doch schön, wenn er seine Enkel noch ein paar Monate lang aufwachsen sieht!", hat er gesagt. „Vielleicht schafft er es ja noch bis Weihnachten!"

Aber bis dahin dauert es noch. Will Herr Langenthaler das wirklich aushalten? Er hat Schmerzen, leidet an Übelkeit und Atemnot. Dagegen gibt es Medikamente. Und alle paar Tage gibt es die geheimnisvolle Infusion, die das Leben verlängert. Wirklich das Leben, oder nur das Leiden?

Wenn alle Leute diese Therapie bekämen ...

Herr Langenthaler hat sich mit der Situation abgefunden. Er lächelt seinen Enkel an und streicht ihm unbeholfen übers Haar.

„Was kostet so eine Behandlung eigentlich?", fragt Sarah.

Kalle zieht die Augenbrauen hoch. „Wenn er wirklich noch bis Weihnachten überlebt, dann können da locker mehrere 100.000 Euro zusammenkommen!", sagt er.

„Und das bezahlt die Krankenkasse?"

„Natürlich bezahlt sie das!", gibt Kalle zurück.

„ ... und wenn alle Leute diese Behandlung bekommen würden, wären die Kassen ziemlich bald pleite!", wirft Martin ein.

„Willst du damit sagen, dass die Krankenkassen solche teuren Tumortherapien nicht mehr bezahlen sollen?", fragt Kalle.

Martin zieht die Schultern hoch und verlässt ohne zu antworten den Raum.

Tausche Schampus gegen Klinikbett

Nein, wir Ärzte sind nicht bestechlich. Weder mit Geld, noch mit Champagner. Auch wenn es Angehörige gibt, die es immer wieder mal versuchen.

„Hallo, Herr Doktor!"

Keine Chance, zu entrinnen!

Frau Dombüchler Junior hat sich in der Mitte des Flurs aufgebaut, strategisch optimal, genau auf halbem Weg zwischen den Türen von Arztzimmer und Stationsküche.

„Hallo, Herr Doktor, eine Sekunde nur!"

Nein, bei einer Sekunde wird es nicht bleiben, wenn ich darauf eingehe. Vorsichtig geschätzt wird sie mich voraussichtlich mindestens zehn Minuten lang aufhalten. Vielleicht auch zwanzig. Und auch dann muss ich sehr diszipliniert daran denken, mich rechtzeitig loszueisen. Sarah war auch schon einmal eine halbe Stunde in ihren Fängen, bis ich sie mit einem Anruf bezüglich eines fingierten Notfalles erlöst habe.

„Herr Doktor, es dauert wirklich nicht lange!"

Kein Entrinnen für mich

Na gut. Es hilft nichts.

Wenn ich heute noch meine Krankenhauskaffeeplörre haben will, muss ich an ihr vorbei. „Frau Dombüchler! Wie kann ich Ihnen helfen?"

Frau Dombüchler grinst ein Kreisgrinsen. Ihr Kreisgrinsen reicht von einem Ohr bis zum übernächsten und ist höchstgefährlich für den Angegrinsten. Denn ein

Kreisgrinsen ist kein Lächeln. Es hat etwas Forderndes. Wer kreisgrinst, will etwas von seinem Gegenüber. Also bin ich auf der Hut. Aber das bin ich sowieso, denn immerhin habe ich ja Frau Dombüchler Junior vor mir.

„Ich nehme an, es geht um Ihre Mutter?"

Frau Dombüchler Senior ist eine nette Dame, so Ende Achtzig, ein bisschen dement, ein bisschen wackelig auf den Beinen, aber rein medizinisch gesehen ganz gut beieinander für ihr Alter. Morgen würden wir sie gerne entlassen. Spätestens übermorgen. Das heißt, spätestens dann, wenn wir wissen, wohin sie gehen kann, und genau da liegt der Hase im Pfeffer: weil nämlich Frau Dombüchler Junior der Schlüssel zu diesem Problem ist.

Wohin mit der Mutter?

So eloquent sie auch reden kann, so schweigsam ist sie, wenn es um die Beantwortung genau dieser konkreten Frage geht. Tatsache ist: Frau Dombüchler Senior ist zu schwach für ihre Wohnung im vierten Stock, ohne Treppe und bräuchte mehr Unterstützung, aber Frau Dombüchler Junior ist zu beschäftigt, um sich darum zu kümmern.

„Gut, dass ich Sie treffe, Frau Dombüchler. Wie geht's denn weiter mit Ihrer Mutter? Haben Sie sich schon Gedanken gemacht?"

Frau Dombüchler Junior antwortet nicht. Sie kreisgrinst immer noch.

„Trinken Sie Champagner, Herr Doktor?"

Was ist los?

Sie langt in ihre voluminöse Handtasche und zieht eine Flasche hervor.

„Ich hätte Ihnen da etwas mitgebracht!"

Wie bitte?

„Und wenn Sie sonst noch etwas brauchen, dann sagen Sie mir doch einfach Bescheid!"

Sonst noch was? Brauchen? Vielleicht ein Paar Perlenohrringe für Sarah und ein kleines Diamantencollier für Jenny? Und für mich selbst noch einen schnittigen Kleinwagen, also so richtig schnittig mit mindestens 500 PS ...?

Heimplatz ist ja jetzt nicht mehr nötig

„Es tut mir leid, das kann ich nicht annehmen!"

„Können Sie doch! Weil Sie sich immer so nett um meine Mutter gekümmert haben!"

„Ach, ich habe doch nur meine Pflicht getan!"

„Nein, nein, Sie haben viel mehr getan, Herr Doktor! Ich meine, weil Mutter jetzt ja doch nicht ins Heim muss ...“

Wie bitte?

Die Dame von unserem Sozialdienst hat einen Kurzzeitpflegeplatz organisiert. Das war schwer genug, aber jetzt sind wir froh, dass Frau Dombüchler Senior allerspätestens Anfang nächster Woche dorthin gehen kann.

„Den Platz habe ich gerade abgesagt!", kreisgrinst die Tochter. „Ist doch viel zu teuer!"

Klar: Ein Kurzzeitpflegeplatz kostet eine Menge Geld. Das muss vom Patienten oder den Angehörigen aufgebracht werden.

„Meine Mutter kann doch noch etwas bleiben?"

„Sie wollen sagen, dass Sie Ihre Mutter zu sich nach Hause nehmen?"

Frau Dombüchler Junior schüttelt den Kopf. „Geht nicht. Hab doch keine Zeit!"

Das war klar. Und jetzt?

„Ich dachte mir, sie kann noch ein oder zwei Wochen bei euch bleiben, und dann ...!"

Daher also weht der Wind! Ich trete einen Schritt zurück.

„Ihre Mutter verlässt morgen dieses Haus!", sage ich und das Kreisgrinsen hört schlagartig auf.

„Wenn nicht morgen, dann Übermorgen oder allerspätestens Anfang nächster Woche!"

Eine Kinnlade fällt herunter.

„Wir haben unser Möglichstes getan. Der Rest ist Ihre Verantwortung!"

Frau Dombüchler Junior dreht sich um und stöckelt ohne ein Wort des Abschiedes in Richtung Treppenhaus.

Und wo ist jetzt mein Schampus geblieben?

Prost, Herr Doktor!

Alkohol hat in einer Heilanstalt nichts verloren. Oder doch? Will man einem Alkoholiker sein abendliches Bier verbieten?

„Prost, Herr Doktor!", sagt Herr Wiesmüller fröhlich und nimmt einen tiefen Schluck aus seiner Bierflasche.

„Zum Wohl, auf Ihre Gesundheit!", gibt Kalle zurück.

Herr Wiesmüller strahlt und winkt uns zu.

„Sag mal, darf der das?", fragt Sarah, als wir das Zimmer wieder verlassen haben.

„Warum nicht?", fragt Kalle.

„Alkohol im Krankenhaus, verträgt sich das?"

„Er scheint's offenbar zu vertragen!"

Herr Wiesmüller ist ein eingefleischter Junggeselle von Mitte Sechzig, der gerne jeden Abend sein Fläschchen Bier trinkt. Oder auch zwei. Und ab und zu auch eins zu Mittag. Seit Jahrzehnten.

„Der Typ ist doch Alkoholiker!", sagt Sarah.

„Mit der allergrößten Wahrscheinlichkeit."

Man will doch auch Spaß haben im Leben

Zugegeben hat er das nicht. Die wenigsten Alkoholiker geben das zu. Die meisten bagatellisieren es oder streiten es ab. Herr Wiesmüller streitet gar nichts ab, jedenfalls nicht die Tatsache, dass er täglich seine zwei bis drei Fläschchen Bier trinkt. Natürlich geht's auch ohne, sagt er. Hat er auch schon probiert.

„Aber wozu?", fragt er, „Man will doch auch Spaß haben im Leben, oder nicht, Herr Doktor?"

Und weil Kalle kein Spaßverderber ist, hat er ihm erlaubt, dass der Herbert – das ist ein etwas rauhbeiniger und nicht ganz gut riechender Freund oder Bekannter von Herrn Wiesmüller – jeden Abend mit einer Plastiktüte vorbeikommt, neue Flaschen bringt und das Leergut abholt.

„So geht das aber nicht!", sagt Schwester Paula.

„Warum nicht?", fragt Sarah.

„Wir sind schließlich eine Heilanstalt!"

Ein Trinker geht seinen Weg

Ende der Diskussion. Kalle hat ab heute Urlaub und kann nicht widersprechen, also kriegt der Herbert Hausverbot.

Als wir zur Visite kommen, ist Herr Wiesmüller nicht da.

„Wo steckt er denn?", fragt Sarah.

„Der ist kurz spazieren gegangen!", sagt sein Bettnachbar.

Wir brauchen nicht lange, um herauszufinden, dass das Ziel des Spaziergangs die Tankstelle um die Ecke ist, nachdem Schwester Paula dafür gesorgt hat, dass der Kiosk in der Eingangshalle Herrn Wiesmüller keinen Alkohol verkaufen darf.

Beim Abendessen prostet er uns jedenfalls wieder wie gewohnt zu.

Martin nimmt ihm die Flasche weg.

„Wenn Sie das noch einmal machen, dann fliegen Sie hochkant raus!", sagt er.

Herr Wiesmüller schaut ganz bedröppelt drein, aber er fügt sich.

Wo ist Herr Wiesmüller?

Am Montag Morgen ist sein Bett leer.

„Was ist denn aus ihm geworden?", fragt Sarah.

„Der liegt jetzt auf der Intensivstation!", berichtet Schwester Paula, „muss wohl letzte Nacht ins Entzugsdelir gerutscht sein."

Hausarzt oder Notaufnahme?

Wer einen guten Hausarzt hat, landet deutlich seltener im Krankenhaus. Aber der Hausarzt vom alten Schlag steht längst auf der Roten Liste der gefährdeten Arten...

Der Laden brummt. Die Notaufnahme platzt aus allen Nähten. Die Schlange vor der Rezeption wird immer länger und vor der Liegendanfahrt stehen die Krankenwagen im Stau. Kein Wunder: wir haben gerade Happy Hour.

Happy Hour, das ist der frühe Abend, so ab neunzehn Uhr, wenn in den Hausarztpraxen gerade das Licht ausgegangen ist. Dann kommen all Diejenigen, die es tagsüber nicht zum Doktor geschafft haben. Weil es keinen Termin mehr gab oder man zu lange hätte warten müssen oder weil man schlicht und einfach keinen Hausarzt hat. Wozu braucht man auch einen Hausarzt? Warum sollte man sich Gedanken machen über Sprechstundenzeiten, wenn es doch die Notaufnahme gibt, die vierundzwanzig Stunden täglich geöffnet ist, sieben Tage die Woche, dreihundertfünfundsechzig Tage im Jahr und dreihundertsechsundsechzig Tage im Schaltjahr. Eigentlich ist bei uns immer Happy Hour!

Also: Husten hier, Schnupfen dort, juckender Hautausschlag seit fünf Tagen, Rückenschmerzen seit drei Wochen, Kalle, Sarah und ich geben unser Bestes.

Ganz besonderen Spaß haben wir an den Leutchen aus dem Altenheim: Oma war eigentlich den ganzen Tag schon so komisch, aber jetzt ist es schlimmer geworden, Ehrenwort, vorhin war sie noch nicht so! Oder an den älteren

Herrschaften, die von ihren Angehörigen herangekarrt werden: die Nichte hat nach Feierabend mal kurz vorbeigeschaut, und da war Opa irgendwie anders. Wie genau? Na, irgendwie anders halt! Opa selbst kann nicht viel sagen, er ist dement. Vorgeschichte? Keine Ahnung! Medikamentenplan? Eine ganze Plastiktüte voll. Sarah hat den Inhalt auf den Schreibtisch ausgekippt und sortiert Schachteln und Döschen auseinander, legt Knoblauchpillen und Vitamine auf die linke Seite, homöopathische Wundermittel nach rechts und dazwischen alle anderen Sachen.

Plötzlich wird es still.

Auftritt Kaiser Wilhelm: Dr. Wilhelm Kaiser, der ungekrönte Häuptling aller Hausärzte, mittlerweile ein bisschen in die Jahre gekommen, aber immer noch fit und aktiv, solange er keinen Nachfolger findet. Denn schließlich will er seine Patienten nicht im Stich lassen.

Kaiser Wilhelm schreitet durchs Wartezimmer, nickt der Rezeptionsdame kurz zu, und im nächsten Augenblick hat er mich erspäht und mir die Hand gedrückt.

„Ich bringe Ihnen Herrn Wagenschmidt!", sagt er und drückt mir einen Briefumschlag in die Hand. Darin findet sich ein perfekter Medikamentenplan und eine Liste mit allen wichtigen Diagnosen und Vorbefunden. Dann sagt mir Kaiser Wilhelm, was Sache ist: welche Untersuchungen wir machen sollen und was wir dabei herausfinden werden. Sagt's, stellt mich seinem Patienten vor und rauscht wieder von dannen.

Kein anderer Hausarzt begleitet seine Patienten persönlich ins Krankenhaus. Normalerweise gibt's nur einen postkartengroßen Einweisungszettel mit Stempel und unleserlich hingeschmierter Verdachtsdiagnose und wenn wir ganz großes Glück haben, noch einen Medikamentenplan.

Dr. Kaiser kann sich das leisten – weil er es nur selten zu tun braucht. Wer Dr. Kaiser als Hausarzt hat, wird unsere

Notaufnahme nur selten von innen sehen. Dr. Kaiser betrachtet es als Ehrensache, eine Einweisung wenn irgend möglich zu vermeiden.

Kaum jemand geht schließlich gerne ins Krankenhaus.

Aber Dr. Kaisers Tage sind gezählt. Und ein Nachfolger ist nicht in Sicht.

Mit Fünfundneunzig in den OP?

Ist man irgendwann einmal zu alt, um operiert zu werden? Darf man alles tun, was medizinisch möglich ist? Darf man alten Menschen eine Operation verweigern?

Schwester Paula schüttelt den Kopf.

„Die spinnen doch, die Chirurgen!"

„Warum?"

„Die haben die Frau Schumpeter operiert! Das ist doch Leichenfledderei!"

„Frau Schumpeter ist keine Leiche!", gibt Kalle zurück und wirft ihr einen strafenden Blick zu.

Frau Schumpeter ist gesegnete fünfundneunzig Jahre alt und quicklebendig. Also so lebendig, wie man mit fünfundneunzig noch sein kann. Ein bisschen dement ist sie schon, also ein bisschen viel dement, man könnte auch sagen stockdement, aber es geht ihr offenbar ganz gut damit, abgesehen von ihren Gallensteinen.

Die Gallensteine hatten wir mehr oder weniger zufällig beim Ultraschall gefunden, und irgendein Spaßvogel hat unsere Patientin dann den Chirurgen vorgestellt.

Jetzt hat sie keine Gallensteine mehr. Und auch keine Gallenblase.

„Warum hat man sie operiert?", fragt Schwester Paula.

„Na, weil sie Gallensteine hatte!"

„Hatte sie irgendwelche Beschwerden?"

Sinnvolle Behandlung oder Leichenfledderei?

„Gesagt hat sie nichts... aber wer weiß, vielleicht hatte sie ja Koliken und konnte sich bloß aufgrund ihrer Demenz nicht mehr äußern?"

„Aber muss man ihr in dem Alter noch eine Operation zumuten?"

„Warum nicht, wenn es ihr nutzt?"

„Mit fünfundneunzig ist so eine Operation doch mit einem deutlich erhöhten Risiko verbunden!"

„Na, Herz und Kreislauf sind noch erstaunlich gut bei ihr, und so eine Gallen-OP ist doch heutzutage wirklich keine große Sache mehr.... warum sollte man ihr das verweigern?"

„Weil irgendwann auch irgendwo mal Schluss sein muss!", sagt Schwester Paula und verlässt kopfschüttelnd den Raum.

Nicht ohne Diagnose!

Wer krank ist, will wissen, was los ist. Wer in keine Diagnosenschublade passt, kann auch nicht krank sein. Oder doch?

„Alles in Ordnung, Herr Schraubenmüller!"

Der Doktor reckt den Daumen nach oben.

„Was hab ich jetzt?"

Der Patient knöpft das Hemd langsam wieder zu.

„Keine Ahnung," sagt der Doktor, „auf jeden Fall aber nichts Schlimmes!"

„Und die Schmerzen in der Achillessehne?"

„…sind mit allerhöchster Wahrscheinlichkeit harmlos!"

„Also die Sehne ist nicht gerissen?"

„Nein, Herr Schraubenmüller, Ihre Achillessehne ist nicht gerissen!"

„Na, dann ist ja alles gut, Herr Doktor! Ich danke Ihnen auch ganz herzlich! Schön, dass Sie mir die Angst genommen haben!"

Der Patient verlässt zufrieden das Konsultationszimmer und alle sind glücklich und zufrieden, bis…

Halt!

Stop!

Kurz zurückspulen!

„Was hab ich jetzt?", fragt der Patient.

„Auf jeden Fall nichts Schlimmes!", sagt der Doktor.

„Sie haben mir also gar keine Diagnose gestellt?", insistiert der Patient.

„Nun ja, ich kann Ihnen sagen, dass Ihre Achillessehne intakt ist. Eine Ruptur der Achillessehne können wir mit großer Wahrscheinlichkeit ausschließen!"

„Herr Doktor, ich will nicht wissen, was ich nicht habe!"

„Freuen Sie sich doch!"

„Nein, darum geht es nicht, Herr Doktor! Ich hab doch was! Auch wenn meine Achillessehne nicht gerissen ist, tut sie doch weh!"

„Ja, das kann verschiedene Ursachen haben... aber vermutlich alles harmlos. Ich schreibe Ihnen da was auf..."

„Nein, Herr Doktor, ich will keine Pillen! Ich will eine Diagnose! Was soll ich denn meiner Frau sagen? Und meinem Chef? Und die Krankenkasse will doch bestimmt auch eine Diagnose haben!"

„Sagen Sie denen doch, dass Ihre Achillessehne weh tut!"

„Nee, das geht nicht, Herr Doktor! Ich brauche schon eine Diagnose!"

„Also gut, Herr Schraubenmüller: Sie haben eine Achillodynie!"

„Oh, danke schön, Herr Doktor! Sie sind ein wunderbarer Arzt! Dass Sie so tolle Diagnosen stellen können und so herrliche Wörter kennen, die niemand versteht, vor allem meine Frau nicht und mein Chef auch nicht!"

Der Doktor lächelt.

„Und können Sie mir vielleicht noch erklären, was das bedeutet?"

„Achillodynie? Das heißt: Schmerzen in Der Achillessehne. Sie wollten ja eine Diagnose!"

Aderlass

Der Nachtdienst muss heftig gewesen sein. Sarah sieht müde aus, als sie uns in der Frühbesprechung von ihren Erlebnissen berichtet.

„...und dann hatte ich noch einen Patienten zum Aderlass, der ist aber wieder nach Hause gegangen..."

Kalle runzelt die Stirn.

„Was wollte der?"

„Er sagte, ihm drückt's so im Kopf. Das hat er immer, wenn der Blutdruck zu hoch ist. Dann geht er zum Hausarzt und lässt sich einen Aderlass machen. Aber der Hausarzt hat gerade Urlaub!"

„Und Du hast ihn wirklich zur Ader gelassen?"

Sarah wird ein wenig rot.

„Nun ja... der Blutdruck war wirklich erhöht..."

„Was hast Du gemacht?"

„Ich habe ihm einen halben Liter Blut abgenommen und dann eine Infusion angehängt um die Flüssigkeit wieder zu ersetzen!"

Kalle wirft ihr einen strafenden Blick zu.

„Das macht man doch heutzutage nicht mehr... wegen des Rebkund-Effektes..."

Der Chef räuspert sich im Hintergrund.

„Nun ja... wenn er das regelmäßig vom Hausarzt machen lässt, dann wird's ihm auch dieses Mal nicht geschadet haben!"

„Gibt es denn wirklich noch Hausärzte, die so etwas machen?"

„Na ja, vor dreißig oder vierzig Jahren war es wohl mal ziemlich populär…"

„Warum schickt man ihn denn nicht einfach zum Blutspenden?"

„Tja, das kann man halt nicht abrechnen!

Dem Herrn Lehmann sein Kleinwagen

Es gibt Behandlungen, die sind teuer. Manche sind sehr teuer. Und hin und wieder gibt es extrem teure Behandlungen. Notwendig sind sie trotzdem, wenn man den Patienten nicht sterben lassen will.

Herr Lehmann ist wieder da.

Herr Lehmann ist Stammkunde: ein schmächtig gebauter Mittvierziger mit dicker Brille, dünnem, manchmal etwas fettigem Haar, Schnauzbart und Kunstlederjacke.

„Alles in Ordnung?" frage ich.

„Alles in Ordnung!" sagt Herr Lehmann und lässt sich auf einen der Wartestühle in der Notaufnahme fallen.

„Alles wie immer?"

„Alles wie immer!"

Wie immer hat er seine Butterbrotdose dabei und die Thermoskanne und eine Tageszeitung. Wie immer krempelt der den Hemdsärmel hoch und wie immer lege ich die Staubinde an, sprühe Desinfektionsmittel auf die Haut, reiße die Plastikverpackung der Injektionskanüle auf und steche zu. Herr Lehmann verzieht keine Miene. Die Venen auf seinem Unterarm kenne ich längst auswendig, mit Vor- und Zunamen.

Jenny hat die Infusionsflasche aus dem Kühlschrank geholt und einen Ständer gebracht, ich hänge das Zeug auf und schließe den dünnen Plastikschlauch an.

„Alles klar?"

„Alles klar!"

„Sie melden sich, wenn's durchgelaufen ist?"

„Ich melde mich!"

Herr Lehmann beißt in sein Butterbrot und schlägt die Zeitung auf.

Herr Lehmann kommt dreimal pro Woche: immer Montags, Mittwochs und Freitags. Immer zwischen zwei und drei Uhr nachmittags. Nach einer knappen halben Stunde ist seine Infusion durchgelaufen.

Viel wertvoller als Goldstaub

„Wieder einen Kleinwagen verballert!"

„Wieder einen Kleinwagen!"

Herr Lehmann lacht.

Ich lache kurz.

Unser Standardwitz.

Dann steht Herr Lehmann auf, reicht mir die Hand und dreht sich um.

„Bis zum nächsten Kleinwagen!"

„Bis zum nächsten Kleinwagen!"

Immer die selben Worte. Dreimal pro Woche.

Man kennt sich.

„Was hat das mit dem Kleinwagen auf sich?" hat Jenny einmal gefragt, damals, ganz am Anfang, als Herr Lehmann noch neu war.

Da hat mein Kollege Kalle ihr die Infusionsflasche gezeigt.

„Herr Lehmann leidet an einer extrem seltenen Stoffwechselerkrankung," hat Kalle erklärt, „...und bis vor ein paar Jahren hat es keine Möglichkeit der Heilung gegeben. Herr Lehmann wurde von einem berühmten Professor zum Nächsten gereicht. Überall war er die Sensation. Die Koryphäen waren begeistert, aber helfen konnten sie ihm nicht. Bis vor zwei Jahren. Da hat einer der Erleuchteten ein Mittel gefunden. Es gibt nur ein einziges Labor auf der Welt, welches in der Lage ist, dieses Medikament herzustellen. Dann wird das Zeug in einer Kühlbox aus Amerika mit dem Flugzeug eingeflogen, vom

Flughafen per Taxi-Kurier zu uns gebracht und muss innerhalb weniger Stunden verabreicht werden. Jede Infusion kostet mehrere tausend Euro. Und das dreimal pro Woche!"

Jenny runzelte die Stirn

„Gibt es da wirklich keine Alternative?"

„Doch!"

„Und die wäre?"

Kalle grinste diabolisch.

„Man lässt das Zeug einfach weg!"

„Warum macht man das nicht?"

„Weil Herr Lehmann dann innerhalb von drei Monaten ins Gras beißen würde!"

Und weil Herr Lehmann das nicht möchte, kommt er weiter regelmäßig zu uns, dreimal pro Woche, immer Montags, Mittwochs und Freitags und pumpt sich den Wert eines Kleinwagens in die Venen.

Schnorrerbescheinigung

Stetig weiter zunehmende Bürokratie ist ein Ärgernis. Müssen wir es hinnehmen, dass Hinz und Kunz von uns verlangen, unsere Zeit damit zu verplempern, immer mehr und neue Atteste und Bescheinigungen auszustellen?

Der Feierabend naht, die Uhr im Blick will ich mich mit bereits abgelegtem Kittel der Arztzimmertür nähern, als….

„Herr Doktor?!"

Das Herz rutscht in Richtung Hose, als ich mich langsam umdrehe und Schwester Paula erblicke.

„Herr Doktor, da wartet wer auf Sie!"

„Wer denn?"

„Die Nichte von Herrn Schrumpelköter!"

„Herr Schrumpelköter?"

„Zimmer siebzehn!"

„Aha?"

„Wurde letzten Montag entlassen!"

„Und?"

„Wie schön, dass Sie noch da sind, Herr Doktor!" flötet Nichte Schrumpelköter, die plötzlich aus dem Nichts vor mir aufgetaucht ist, „Ich wusste, dass Sie uns helfen würden!"

„So?"

Ich ziehe den Kittel wieder an.

„Wir brauchen noch die Bescheinigung von Ihnen!"

„Was?"

„Na, Sie müssen uns noch was bescheinigen!"

„Äh?"

„Also…" Nichte Schrumpelköter holt tief Luft, „Als mein Onkel entlassen wurde, habe ich ihn abgeholt!"

„So?"

„Jawoll. im Auto."

„Hmm."

„Im eigenen Auto."

„Das ist nett von Ihnen."

„Genau. Jetzt habe ich aber erfahren, dass ihm ein Taxi zugestanden hätte!"

„Öh?"

„Jawoll. Wenn ich ihn nicht abgeholt hätte, im eigenen Auto, dann hätte man ihn im Taxi heimgeschickt…"

„Richtig…"

„…und weil er ja nicht mehr der Jüngste ist und auch nicht mehr ganz so gut zu Fuß, vielleicht sogar mit dem Krankenwagen, und der kostet pro Kilometer eine Menge Geld und weil wir in Einödshoven wohnen, kommen da eine Menge Kilometer zusammen, und das Geld für die Kilometer, also weil ich ja im eigenen Auto…"

„Äh…"

„…jawoll, im eigenen Auto, und wenn Sie, Herr Doktor, mir da jetzt eine Bescheinigung ausstellen könnten, und mir schriftlich bestätigen würden, dass ich im eigenen Auto und mein Onkel aus medizinischen Gründen eigentlich im Krankenwagen…."

Mein Gehirn beginnt zu arbeiten.

„Sie wollen also eine Bescheinigung von mir?"

„Jawoll, Herr Doktor!"

„Damit Sie damit Geld locker machen können!"

„Genau, Herr Doktor!"

„Sie wissen, dass für das Erstellen einer solchen Bescheinigung eine Bearbeitungsgebühr fällig ist?"

„Äh...."

„Keine Angst, es sind nur fünf Euro, aber..."

„...zahlt das nicht die Krankenkasse?"

„Vielleicht. Sie können versuchen, das Geld zurück zu fordern. Aber Sie müssten erstmal in Vorleistung treten. Jetzt. Hier. In bar.... hallo..... Frau Schrumpelköter...?"

Wohin sie wohl so schnell verschwunden sein mag?

Das. Wochenende. Beginnt. Jetzt.

Jetzt.

Genau jetzt.

Alles erledigt?

Alle Krankenakten noch einmal durchgeschaut?

Noch ein Blick zum Faxgerät: alles leer? Keine weiteren Befunde mehr eingetrudelt?

Alle Patienten versorgt?

Der Dienst habende Kollege über alle Problemfälle instruiert?

Blick auf die Uhr: Mann, diesmal liege ich ja super in der Zeit!

Also: ich hauche noch ein fröhliches „Bis Montag!" in die Runde und dann...

...umdrehen....

...Abmarsch!

Kittel ausziehen.

Zivilklamotten anziehen.

Kittel in den Schmutzwäscheabwurf. Halt! Vorher nicht vergessen, das Namensschild abzuknibbeln und alle Kugelschreiber, Essensmarken und Geldscheine rauszuholen.

Diensthandy ins Ladegerät stecken.

So, da steckt es!

....und....

....blinkt...

Handy blinkt!

Ton ist natürlich abgeschaltet, aber das Ding blinkt und vibriert.

Blick aufs Display: Natürlich die Station.

Wenn es der Chef wäre oder ein anderer Kollege würde ich drangehen.

Aber die Station?

Was wollen die?

Muss da noch irgendein Entlassbrief oder ein Formular unterschrieben werden?

Wollen die Angehörigen von Herrn Schrumpelköter einen Doktor sprechen, und zwar unbedingt genau jetzt und hier und gleich sofort? Weil, wir kennen unsere Rechte und Schwiegersohn war ja bis jetzt noch auf der Arbeit!

Oder kriegt Herr Dietzmüller etwa plötzlich keine Luft mehr, ist blitzblau angelaufen, verdreht die Augen und stirbt soeben den schrecklichsten aller Tode bloß weil der Doktor immer noch tatenlos aufs Display starrt anstatt endlich zu…

Nein!

Herr Dietzmüller wird nicht sterben. Also… zumindest jetzt noch nicht… Aber falls doch…?

Und was ist mit Frau Plauzinger, die kriegt jetzt womöglich die falschen Tabletten, bloß weil der Doktor nicht erreicht werden konnte und…. Nein!

Auch Frau Plauzinger wird nicht sterben.

Das Handy hört auf zu blinken.

„1 verpasste Anrufe" steht jetzt auf dem Display.

Ich drehe mich um, lasse die Arztzimmertür hinter mir ins Schloss fallen, springe die Treppe hinunter, nicke dem Pförtner zu….

Ob Herr Dietzmüller wirklich nicht gestorben ist?

Meine Hand langt in die Hosentasche, greift das Privathandy und…

….und lässt es wieder los.

Jetzt. Ist. Wochenende. Genau. Jetzt.

Appsoluter Quatsch

„Hallo, Herr Doktor, darf ich stören?"

Nee, dürfende nicht, tunse aber trotzdem, also nicht mehr als fünf Minuten bitte, ja?

„Alles gut, Herr Doktor, ja? Ihnen geht es gut? Und das Wetter ist ja heute auch wieder…."

Ich setze meinen stechendsten Blick auf und bemühe mich um Pokerface.

„Was kann ich für Sie tun?"

„Schön, dass Sie sich die Zeit nehmen, Herr Doktor, Schmidt mein Name, Schmidt von der Firma… Sie wissen schon, also es geht mal wieder um das Holladiol, kennen Sie ja, ist ja das beste Medikament auf dem Markt, und seit der großen Studie…"

Demonstratives Gähnen. Demonstrativer Blick zur Seite. Tief durchatmen. Demonstratives Nesteln am Handy.

„…und genau das ist mein Stichwort, Herr Doktor, wir haben nämlich ein neues App entwickelt!"

„Ein…. was?"

„Ein neues App. Kennense nicht? Das sind doch diese kleinen….. Dinger, Sie wissen schon, wenn Sie so ein neumodisches Telefon haben, also so ein Smaaaaaaaht-Fon, damit können Sie…."

„Ich weiß, was ein Smartphone ist!"

Außerdem bin ich jünger als Du. Idiot.

„…also, und da haben wir ein App entwickelt. Ein brandneues Holladiol-App."

Das App?

„Wozu soll das gut sein?"

„Da erfahren Sie alles über Holladiol...."

Alles, was mich über diese Pillen sowieso noch nie interessiert hat?

Früher gab es zu diesem Zweck Broschüren und unhandliche Pappkartondinger, hochtrabend „Folder" genannt, die man mit gezieltem Schwung in den Papierkorb werfen konnte.

„Kann man das nicht auch anderswo nachlesen?"

Zum Beispiel in den guten, alten Medikamentenlisten, die das Gewicht von zwei bis drei ausgewachsenen Ziegelsteinen aufweisen und über einen beachtlichen Heizwert verfügen, sofern man einen Kamin besitzt. In der warmen Jahreszeit auch hervorragend als Drillanzünder geeignet. Und weil das so ist, gibt es die Dinger natürlich längst auch in elektronischer Form, als CD, im Netz und selbstverständlich auch als App. Wozu dann also eine spezielle Hollatiol-APP? Nur, weil die Konkurrenz auch eine eigene App hat? Als ob es nicht schon genügend sinnfreie Medizin-Apps gäbe, mit denen man den Bildschirm seines Telefons zukleistern könnte, wenn man wollte.

Ich habe noch keine App gefunden, die mir mehr Inhalte geboten hätte als Informationen, die man auch in zwei Minuten ergoogeln kann.

Egal. Die fünf Minuten sind herum. Herr Schmidt sitzt zwar immer noch auf seinem Stückchen, aber ich stehe schonmal auf und begleite ihn zur Tür. Tür auf, einladende Geste zum Flur.... Herr Schmidt versteht. Tür zu, Griff zur Kaffeetasse... Halt!

Irgendwas fehlt: das gewohnte „Klonk", wenn man nach einem Vertreterbesuch das erhaltene Werbematerial unbesehen in die Rundablage befördert.

Dieser Klonk fehlt mir irgendwie.

Christkindchen

Die meisten Patienten freuen sich darauf, nach Hause zu gehen – vor allem kurz vor Weihnachten, wenn sie die Feiertage mit ihren Lieben daheim verbringen wollen. Manche aber haben kein Zuhause oder keine lieben Menschen daheim. Traurig ist es, wenn es zwar Angehörige gibt, die aber andere Pläne haben, als sich zu Weihnachten um die kranke Oma zu kümmern....

„Na, Herr Doktor, wie geht es mir?"

Frau Waltherscheidt ist eine echte Frohnatur. Sollte ich jemals mein zweiundneunzigstes Lebensjahr erreichen und dann noch so klar im Kopf und vor allem so optimistisch sein wie Frau Waltherscheidt, dann werde ich dem Himmel auf Knien dafür dankbar sein. Sofern ich dann noch in der Lage dazu sein sollte, niederzuknien, denn in den Gelenken, da knirscht es schon ein bisschen bei Frau Waltherscheidt und das eine oder andere Zipperlein hat sie natürlich auch. Aber ihre Lungenentzündung, die hat sie auskuriert, und das war schließlich der Grund, weshalb wir sie in unserem gastlichen Haus aufgenommen haben.

Ich schaue in die Akte.

„Also, Ihre Werte sind deutlich besser geworden!"

„Und, was meinen Sie, Herr Doktor?"

„Morgen früh können Sie heim. Dann sind Sie Weihnachten im Kreis Ihrer Liebsten!"

Frau Waltherscheidt strahlt noch ein bisschen mehr als sonst. Ich verabschiede mich mit festem Händedruck, verlasse das

Zimmer und lege die Akte schonmal zur Seite, damit ich den Entlassbrief heute noch fertig machen kann.

Frau Waltherscheid darf nach Hause!

Zehn Minuten später geht das Telefon: Anruf von draußen. Dran ist eine Frau Waltherscheidt Junior, auch eine Frohnatur, also eine von der Sorte, die jede Menge Haare auf den Zähnen hat.

„Also, so geht das ja schonmal gar nicht!" sagt sie im Brustton der Überzeugung, „Meine Mutter kann doch morgen nicht nach Hause!"

„Warum nicht?"

„Ja kuckensedochmaherrdoktor, die kann doch noch gar nicht richtig laufen!"

„Äh.... also mit Rollator und ein bisschen Unterstützung eigentlich schon..."

„....ja, aber da tut doch noch alles weh, in den Knien, in den Hüften, im Rücken und so..."

„Das war vor ihrer Lungenentzündung nicht so?"

„Nä, Herr Doktor, also ich meine, vielleicht doch, aber die ist doch noch total geschwächt!"

„Also, mit zweiundneunzig Jahren..."

„Kuckensemalherrdoktor, könnenseda wirklich nichts machen? Ich meine, so ne Kur oder Reha oder so?"

Tja, wenn man sich früher drum gekümmert hätte, dann vielleicht schon....

„Ja, Wissenseherrdoktor, das ist nämlich so, die ist da zu Hause ganz allein...."

Richtig. Frau Waltherscheidt ist bislang in ihrer kleinen Wohnung alleine zurecht gekommen. Einmal in der Woche kommt die Putzfrau und zweimal in der Woche geht die Nachbarin einkaufen. Und jeden Samstag wird Frau Waltherscheidt abgeholt zum Seniorennachmittag im Gemeindehaus. Da gibt es Kaffee und Kuchen und das ist so etwas wie der Höhepunkt in ihrer Woche. Weihnachten würde sie natürlich gerne bei einem ihrer drei Kinder, sieben Enkel und vier Urenkel verbringen.

Dann feiern wir halt in der Klinik!

Und jetzt wird mir klar: alle Kinder, Enkel und Urenkel haben vermutlich einen Skiurlaub geplant. Oder fliegen in die Karibik. Oder zu einem schicken Städtetrip nach Sowienoch. Ist ja nichts Neues. Kennen wir ja.

„...also glaubensenichtherrdoktor, dass meine Mutter über die Feiertage bei Ihnen viel besser aufgehoben wäre?"

Passt schon. Heiligabend kommt der Kinderchor, nachmittags der Posaunenchor und für den frühen Abend hat Schwester Paula eine kleine Feier organisiert. Das kriegen wir schon hin.

Same Procedure as.... alle Jahre wieder!

Der Dichterfürst

Jenny reißt die Türe auf und einen Sekundenbruchteil später steht sie im Zimmer.

„Guten Morgen, wir kommen zur Visite!"

Ich folge ihr.

„Guten Morgen, wie geht's, alles in Ordnung, hatten Sie Stuhlgang?"

Herr Haferkorn hebt seinen Kopf.

„Oh, schon besser! Ich kann wieder schreiben."

Jenny tritt näher und starrt auf das aufgeschlagene Notizbuch auf dem Tisch.

„Was schreiben Sie denn da?"

Herr Haferkorn lächelt.

„Immer, wenn ich unterwegs bin, schreibe ich Tagebuch. Früher bin ich viel gereist. In den letzten Jahren sind es ja überwiegend Krankenhausaufenthalte…"

„Na, die Reisen waren ja wohl bestimmt spannender!"

„Oh, was denken Sie, was man hier im Krankenhaus alles erlebt! Manchmal schreibe ich auch Gedichte. Meine Frau kriegt jedes Jahr eins zum Geburtstag und zu Weihnachten. Und hier und da mal ein Liebesgedicht. Ein Freund wollte mal eins haben, das hat er dann seiner Frau auf den Nachttisch gelegt."

Jenny reißt die Augen auf.

„Haben Sie denn auch schonmal was veröffentlicht?"

Herr Haferkorn fühlt sich offenbar geschmeichelt.

„Oh ja," sagt er, „Hier und dort. Letztens stand ich sogar in der Zeitung. Da war ich namentlich erwähnt, als einer der siebzehn größten Poeten im Landkreis Bad Dingenskirchen. Direkt hinter Dieter Dieselfisch, dem berühmten Heimatdichter!"

„Worüber schreiben Sie denn sonst noch?", fragt Jenny.

Herr Haferkorn lächelt.

„Ich habe auch schon ein Krankenhausgedicht geschrieben!"

„Verraten Sie uns, wie es heißt?"

Herr Haferkorn räuspert sich.

„,Der Engel mit der Spritze'", sagt er feierlich.

Jenny täuscht einen Hustenanfall vor und dreht sich um. Aber Herr Haferkorn hat sie durchschaut.

„Da gibt's nichts zu lachen!", sagt er beleidigt und klappt sein Buch zu.

„Kommen wir denn da auch drin vor?", fragt Jenny.

Herr Haferkorn schüttelt den Kopf.

„Jetzt nicht mehr!" sagt er.

Liebe Leserin, lieber Leser,

Hat Dir das Buch gefallen?

Dann sag es weiter!

Erzähl es Deinen Freunden, Bekannten, Kollegen, dem Chef, den Leuten aus dem Sportverein, dem Buchhändler aus der Innenstadt, oder dem rasenden Reporter von der Lokalzeitung...

Und natürlich freue ich mich über Nachrichten, Hinweise und Kommentare aller Art.

Herzliche Grüße,
Benno Armschlag

medizynicus@gmx.net

http://www.medizynicus.de

Medizynicus:

„Leben retten und so"

*Geschichten aus dem Kreiskrankenhaus Bad
Dingenskirchen*

erschienen bei BoD, Norderstedt, 2007

ISBN 978-3-8370-0554-7, Paperback, 88 Seiten, EUR 7.-

*Das Problem, welches die beiden Sanitäter gerade durch die
Tür geschoben haben, ist etwa Mitte vierzig, männlich,
strunzsternhagelvoll und stinkt fünf Meter gegen den Wind
nach Alk."Das Übliche?" fragt Schwester Anna.Die Sanis
nicken."Dürfen wir vorstellen? Das ist Fusel-Franze. So
eine Art Stammkunde von uns."*

**Herzlich Willkommen im Kreiskrankenhaus Bad
Dingenskirchen. Unser Lokal ist die ganze nacht
geöffnet. Jeder Gast ist gern gesehen, egal ob Kasse oder
Privat.**

**Ärzte sind keine Halbgötter mehr und waren es auch nie
gewesen. Der Alltag in einem kleinen Krankenhaus in
der Provinz ist voller spannender Geschichten. Kein
Arztroman, sondern – manchmal bittere – Realsatire.**

Balthasar und die Kunst des Heilens

Anna und Medizynicus

Balthasar und die Kunst des Heilens

erschienen bei Books on Demand Norderstedt, 2011

ISBN 9783842364103, 208 Seiten, EUR 11,95

Arzt zu sein ist nicht schwer – vor allem dann, wenn man gar keiner ist.

Für Geld tut Balthasar Stroop fast alles. In einer kleinen Provinzklinik behandelt er kranke Menschen. Dass ihm dazu jegliche Qualifikation fehlt, stört ihn nicht. Der Rubel rollt noch viel besser, als Balthasar beginnt, neue Wege zu gehen. Wege, die allerdings hin und wieder mit der einen oder anderen Leiche gepflastert sind. Gemeinsam mit dem durchgeknallten Althippie Shanty und dem abgebrühten Pfarrer Gotthilf Katzer macht Balthasar sich daran, im eins so beschaulichen Niederlümmelbach den Begriff der Heilkunst völlig neu zu definieren.